# 吃人的胎記

張羨青 著

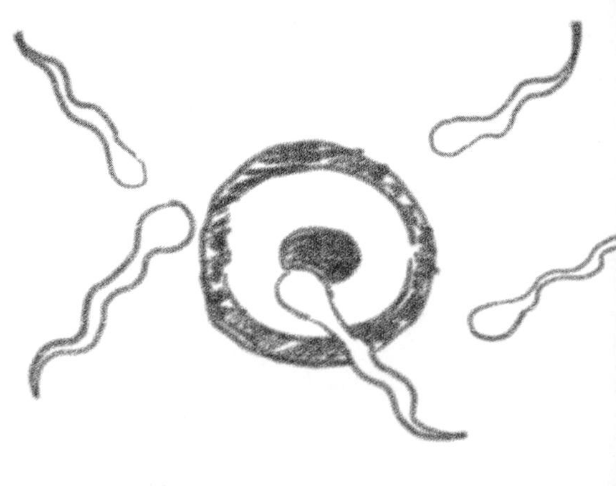

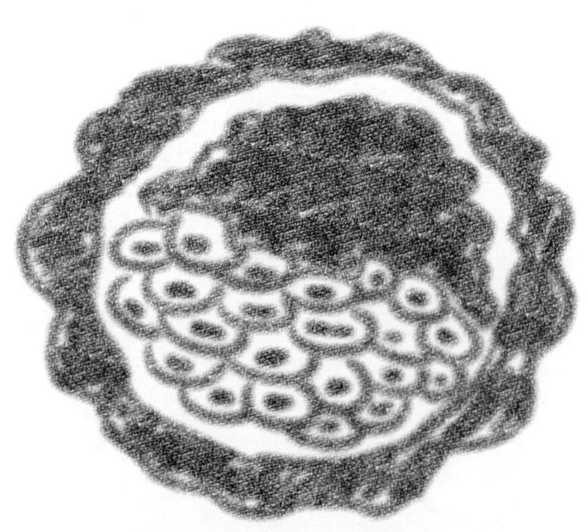

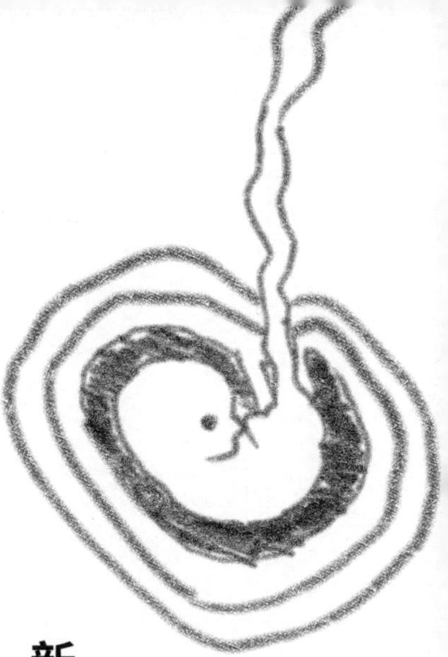

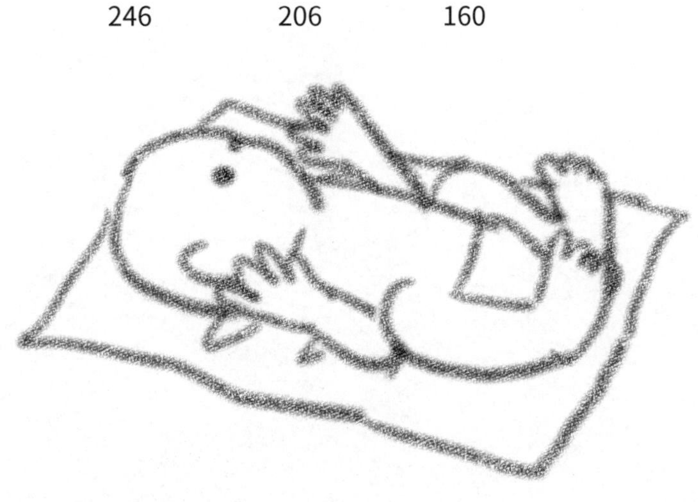

# 年輕的已婚男人

人活著有什麼意義呢，
終其一生，
也在尋找虛無的概念，
然後被打倒。

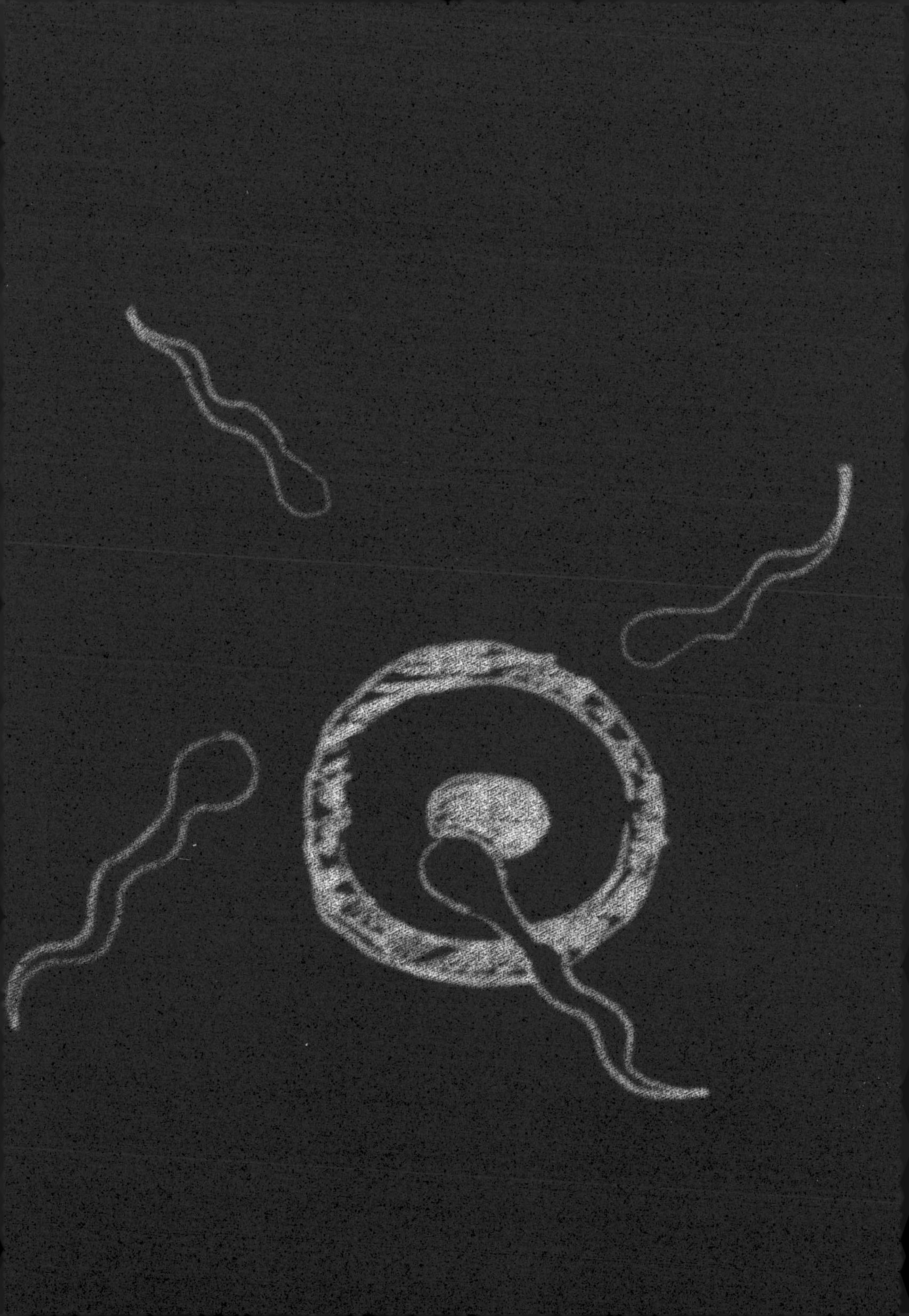

今年靜初二十三歲，去年七月畢業後，憑著多年儲蓄遊了北歐，彷彿對世界所有的熱情都留在陌生國度。回到香港之後，每日要死不活，日夜顛倒，常常捱到三、四點才肯入睡，翌日差不多下午兩點才起床。不知為何，總是不肚餓，反而覺得身體所有重量都往胃裡去，人沉甸甸地往下攤。最終四、五點才吃全日第一餐，凌晨頭髮亂糟糟，開一包大薯片，躺在床上一邊滑平板電腦，一邊吃，還會舔手上的味粉。

留在熟悉的城市，街道太窄，樓底太矮，空氣太鹹，噪音太多，人面太具體。

她可以看到的，全是香港的壞，或者是比較之下，不夠好的部分。回港一個月，她後悔沒有將護膚品的瓶子挖空，改用來裝載異國的空氣——應以氧氣來形容更準確。

其實她並不是喜歡外地、厭棄香港。她鍾意香港的交通，鍾意菜品的多樣，鍾意廣東話和舊歌，鍾意土生土長而來的安全感，就像不需要改變任何事情，不需要取得什麼成就，也能安然地繼續活下去，依照早前生涯規劃好的，規劃下去。

可是，只是，一旦去了旅行，就要花更多時間接受：我在的這個地方，原來就是這樣了。

終於沒有錢，以前替人補習、兼職的收入都揮霍清光，她不得不遞履歷表，等面試，然後等通知。

在看到他的第一眼，她便確定自己能被取錄。

三十三歲的景建立了一個幸福美滿的家庭。妻子瑜是大學時期的初戀，輾轉拍拖五年，依計劃結婚，生下一子一女，現在子女都上了小學。

之所以戀愛，是因為和瑜相處很舒服。她不強勢，說話總是溫溫柔柔，還會適時給他鼓勵。瑜不算過分出眾，但未曾令他感到不安、緊張，什麼都好。他知道這樣的女生，就是他的理想妻子，不必擔心她會瞧上別人，不必擔心她會看不起自己。

景只要輕巧地降臨瑜的生命，就已經成為她的唯一。

小時候的景是一個不受歡迎的男孩，因為自小是個胖子，同性愛取笑他每日偷食零食，異性也無視他。當時不懂反抗的景沒有說什麼話，只是覺得自己正常地吃飯，婆婆也沒有覺得有什麼問題。

可是後來，他想要朋友，想融入集體，所以開始厚著面皮逗別人笑。老師說話時，他就會插嘴，引得同學哈哈大笑。即使惹得老師生氣，他會急急搞怪，老師也跟著笑，在他們眼中，景敢於挑戰大人，不止是沉悶的書呆子。

終於有人侵他玩。但在那之後，他就強迫自己一定要搞笑，在集體之中擔當歡樂的氣氛。年輕時的幽默多數不經大腦，一頓爆笑，他最擅長的就是自嘲。

他討厭把自己當作團體的笑料，卻又恐懼一旦不擔當，就會從集體之中被趕出來。

還是大家開心要緊。

當時與瑜交往，大概是她看出他對於一切都感到厭倦。

她被家人保護得很好，自信大方。雖然能力並不出眾，卻從未懷疑過自己生而為人的價值，因為每個人也是獨特的。

在瑜身上，他看見理想的投射。誠然，她普普通通，沒有什麼出彩的地方，對人也不是特別熱情，因此在朋友之中也不算受歡迎；但她泰然自若，認為世間一切剛剛好便可，不屬於自己的莫要強求。即使在大多數人眼中是平凡，她還是知道，人的平凡也由不同的生活構成，所以，她無論如何也是獨特，只是聚光燈不會無故打在她身上。

可是沒有關係。她不在乎，只要過好日子，已可活得舒服。

更年少的景被吸引，為什麼她可以這麼悠然，彷彿只對一小撮東西留心，想要的不多但都可以努力達到。她不焦慮，沒有自卑。

他羨慕，慢慢認為這也許是一種愛慕。而她看出他浮誇的表演背後，其實是想輕輕地傾訴脆弱的語句，她感到好奇，到底為什麼他要以一個又一個笑話包裹自己，又為什麼，包裹得不夠嚴密，能被仍是少女心性的她察覺到呢。於是二人靠近，慢慢交往。

太早結婚了，三十三歲的景開始詬病自己。

在發現身邊的朋友三十多歲才結婚，並且在廿幾歲換了一個又一個伴侶時，他突然疑問已婚並早早育有兩名子女是否正確的決定。

戴上婚戒之後，不會再有具道德感的女性主動靠近。

即使有女生靠近，他也只會後退，這分明是在提示：要是前進或停頓，將會家破人亡。由她們明知他已婚，仍決意釋出好感時，已知其大膽，勇氣無可限量，他就更不敢賭。

雖然他心癢，但也只想在圍欄邊緣試探，若叫他衝破保護網，無法回到安心之處，自是不樂意。

他倒不是想出軌。

只是渴望一個機會，讓他證明自己吸引，能夠喚起更青澀的原始本能，能夠心動，能夠誤會還可以遇見愛情。越是渺茫，越是讓他渴望。

靜初到零售品牌公司求職，申請社交媒體專員一職，說得更白，就是要寫公司接回來的廣告文案、設計宣傳品。公司在香港頗有名氣，遍布全港十八區，偶然會出席品牌活動，能見到明星，她想試著過不同的生活。

Smart casual，簡單畫了眉毛，塗了防曬，搽上淺色唇膏，她進入公司面試，文職同事招待她，讓她做筆試。

四十五分鐘後，經理和副經理會見她。

她很清楚只要有面試機會，就一定可以得到工作，就算履歷表不算光彩奪目，但對比其他畢業生仍是星光熠熠。而且，她擅長與人交際，懂得在短時間內對答出好聽的話，總是笑意盈盈，說什麼都不似刻意，臉上所有紋路都讓她看來更加真誠。只要見到她本人，就會有個印象：這人的工作能力和印象一樣得體。

因此，第一下見到副經理饒有趣味的神色，她以為只是一種認可，但經理的眼中分明沒有那種侵略的感覺，她警惕起來。

靜初看到名叫劉景的副經理，無名指上戴著婚戒，是把小鑽石鑲嵌在環內的款式。

所以她又興致勃勃。她肯定公司會聘請她，假如劉副經理有份決定。

兩天之後，她就收到了電話通知，後天便簽約。

進公司以後，她直屬劉副經理，和所有人一樣工作。

朝九晚五的生活讓她感到安穩，原來不需要擔心能不能留下、不需要擔心下一秒要不要離開那個人，感覺是這麼好。她只需要作息合宜，安分工作，不要犯低級錯誤，不要胡亂捲入政治鬥爭。她幾乎看見自己四十歲的職業發展，無論是不是在這間公司做，到頭來應該都差不多。她跟朋友說，自己很喜歡返工呢，都嚇人一跳，調侃她是「黎小姐」，但她笑而不語。

對公司有歸屬感是容易的事。

這裡的人對她友善，頭幾天上班也熱情地介紹附近有什麼吃，看見她因月經而面青、口唇白，會替她沖杯熱茶。關心，無關色慾的關心，女同事親和，她們只是想靜初快點融入環境。

當然還有工作量的因素，她來了之後，好歹也會幫忙分擔一些，哪怕畢業生常不被當作是完整的勞動力。但她不介意那些善意背後可能存在算計，畢竟她也會成為世故的人，依然可以選擇高興或不高興地留下來，她慶幸同事選擇了前者。

她把自己喜歡的卡通人物擺設放到座位上，全部都是貓。她其實不清楚這隻貓有什麼獨特的意義，單純被外表吸引，眼睛的形狀和她差不多，總抿著唇，神色憂傷。

形成她的專屬位置。

上班都不是完全沒有興致，她會格外留意劉經理。看他一絲不苟的髮型，每天早上也會用微量髮膠，把前額的髮塑造成中分，整顆頭也有點蓬鬆，讓他看起來成熟又青春——她驚訝自己的用詞竟如此甜蜜。

他叫她喚他做「景」，不必那麼見外。

同事給她講過往的八卦，譬如哪個女同事曾經追求過景，甚至表示不介意做第三者，不會破壞他的家庭，還是被他義正辭嚴地拒絕。所以，全公司都知道景是一個忠誠的好男人。

「他還說，無關老婆知不知道，我決不會做出令老婆傷心的事，這才是愛。太男人了吧！」

他也會請假出遊，回來後送同事手信，大大方方說難得拋下子女，和太太二人世界，去了日本，想不到這麼快就要回來上班。靜初也有收到貓貓掛飾，他說留意到她喜歡這個。她就想，這人不僅是愛妻號，還很貼心，或許此前是她多心。

直至二人一同加班。

他無名指上的婚戒依然隱隱發亮。

辦公室熄滅了一半的燈，只留二人身處的那一邊。他有自己的房間，但出來使用了她鄰座的電腦，指導她怎樣修改活動宣傳海報，字體顏色等等，其實改了一輪，所差無幾。

他問，剛畢業第一份工做得慣嗎。她答還不錯，沒有期望落差。

本來就是想做廣告公司嗎？不肯定，但絕對不抗拒，什麼都可以試試，畢竟才第一份工。

你很安靜呢，平時都沒聽你說太多話。

因為我是一個內向文靜的人啊。她忍不住笑出來，糾正，因為安靜的人看起來比較聰明成熟，至少比聒噪的人高深！我不想讓人感覺太幼稚啦。

平時和誰一起吃飯？和同事呢，或者自己，看大家什麼時間有空。

那麼後天我們一起吃飯吧，我後日有空。

她點頭答應下來。

沒有曖昧，無論說了多少句話，二人還是規矩。

一次生兩次熟，漸漸就可以開些玩笑，輕輕鬆鬆地聊。他不會誇她漂亮，但會說她今天氣息很好，臉很紅潤。吃飯的時候，他已經記得她吃什麼，會替她叫走芫荽，凍檸茶少甜少冰。她萬一做漏了什麼，他也溫聲提醒，還教她許多許多，能夠把她點通，像上了好多堂課。不得不承認他的魅力。

靜初年輕，交手過的男人多數與她同齡，最大也不過五年，在她思考愛的本質時，他們才剛剛學習怎樣把「屎尿屁」的俗粗用語配搭得精彩。因此，總是嫌棄他人幼稚。

她的愛情關係，基本上都以欣賞對方為始，嫌棄為終。

對於男子，靜初自問有種天然的直覺，解釋不來，他人問起也只得無趣收場。她只能形容成一種天賦，能夠從男子的眼睛，看出他有什麼意圖，或是說大概是怎樣的人。

也許久經磨練，自小她就吸引異性，學習在他們正式告白之前，就隱晦地告知：我不想談戀愛呢，避免關係決裂，保全友誼。她不算是個好人，總想把控關係，祈望對方對她好，帶來一些便利和好處，但不要明目張膽地溫柔，不要表現得他的世界就是她，亦不要擺明車馬索求回應。最好隱忍、沉穩，像樹木的根一樣延伸下去，札根越深，越會向下躲，而她也不會翻出來讓他承認愛戀。

她要的是相處上的輕鬆舒服，而不是大聲告訴別人自己吸引，她深信這不需由自己證明，而自有雪亮眼睛發現。

多少也有種虛榮。

她也曾被人吸引，輕易地談上戀愛。此後，又會大方地跟那些愛慕她的人說，只不過是命運使然，陷入了愛情。因為此前沒有捅破窗户紙，所以她根本沒有責任安撫他們，如此解釋，也是太厚道。

靜初越是靠近他人的愛，越是感到害怕，因為這些被世間歌頌的情意，本質就是傷害。

感到幸福，只是還未受傷。

轟轟烈烈地走到最後，竟然迎來吵架打交決裂，以愛之名，說盡世間最殘忍的話，把前塵的傷疤揭乾揭淨，還往裡面添腐爛的屍肉。一切的起源，都是有過真心，所以才能有那麼多的時光，讓彼此了解軟肋，一舉拿下破壞的方法。這些情況，多數拖泥帶水，乘其不備則手起刀落，斬死所有浪漫。

然後最懵懂無知的，最沉浸在溫柔的，就會無緣無故被拋棄，這是靜初被父母棄養之後的總結。

父母有自己的人生，年輕時風流地成為一對人人稱羡的愛侶，生下女兒，中年時感情破裂，家暴頻生。好不容易和平坐下來後，突然又想要自由，拋棄為人父母的身分，連同責任剝落，尋找自由。而她，則需要平靜、和美地接受家四分五裂，只有她一個人留下來。

愛的本質是傷害，如果沒有愛，就不會有結合，不會有快樂，不會有殘忍。

更小的她不是沒有對人心動，只是一早透視吸引等同走向毀滅，她至少要保證逝亡的不是自己。

人活著有什麼意義呢，終其一生，也在尋找虛無的概念，然後被打倒。

可是，她也相信，世上有些人靈敏聰慧，能夠溫暖地擁抱人內心的破碎，然後柔軟地接住，拼湊成亮色，折射出光與露。但她沒有妄想過那是自己，她相信基因，已經在出生之前，繼承了父母的暴力和奔放，沒有足夠的容量長久地裝載美好。

靜初之前談戀愛，對象是大學同學，在通識課上認識，當時，他吸引她的是滿口文藝——應歸類做外國文學吧，托爾斯泰、梅爾維爾、巴爾札克，說出來時也有濃濃的翻譯腔，句子會倒裝，或在奇怪的地方停頓一下——也許是她素養不夠，不懂得。

Your burden will become a gift, and your suffering will light your way.

她只是覺得他獨特，長得好看，有點才華，彷彿什麼也能搭上嘴。

每次他引經據典，說到外國的什麼什麼，她也覺得瞬間身處在另一個地方，遠離了香港，不用應付功課，不用留在濕熱的天氣下，不用拾起那些不愉快。

她可以前去陌生的、遙遠的地方，把有過的一切遺棄。

所以她選擇了他。真的覺得他很棒嗎？卻不然。

他每日也不知在做什麼，上學的時候隨隨便便交功課，三級榮譽畢業，之後就一直睡，一天到晚也在睡。約會每次都看文藝片，逛展覽，她看到一半就會睡著，他叫她說點什麼，她就趁去廁所時翻查影評，卻發現評價的人少得可憐。

假如她說要去U記買衣服，那麼他就會問：「為什麼要和大家一樣著差不多的衣服呢？你要有自己的風格。」

What's in a name? That which we call a rose.

跟他在一起，有種奇妙的感覺。她分明瞧不起他，認為他是一個表象豐富於本質的人，總以華麗的言語包裝內在的空虛，以文藝的姿態掩蓋內在的混沌。可是，也因為這種輕視，如果她繼續和他在一起，就是在包容，在跨越，在昇華，不止為了滿足世俗，而是高層次起來，超過原本的淺薄。

她感到自己的內心，同樣豐盈起來。

也許是除了關係之外，許多東西都多少帶著功利和計算。

她想，可以容忍的是，至少他所呈現的東西是真，她可以單純地愛上表象，厭棄本質，那麼表象一定不能是虛偽欺騙，否則就是欺哄。

不怎麼樣的她，嫌棄同樣不怎麼樣的他。直到她發現，他YouYube最常瀏覽的是五分鐘看完電影系列，卻吹噓成把整套電影連彩蛋也背到滾瓜爛熟，她提出了分手。

即使她極喜歡看五分鐘看完電影系列。

也許是不誠實。

Every man is a poet when he is in love.

就像她一早認清自己不是一個特別的人，只不過輕易吸引異性——長得漂亮，也懂說甜蜜的話。所以她的優點就浮於表面，基本上不用深究她這人，也可被淺薄的優點吸引。這是一種誠實，她一早就把人們愛的展示出來，迎合動物本能。

男子的謊言，她聽過許多。他們總是幻想她喜歡什麼，不喜歡什麼，或偽裝出來，或隱藏入去。

中學時，她修讀中國文學，初戀以為她愛文采飛揚的人，於是常常給她發送文章，說是親手為她寫，煞費苦心。她愕然，差點想反問他真實身分是否已屆花甲的名家，否則怎麼會在書上看見同一段文字。也有前任一時興奮說漏嘴，曾經在交友軟件上與人發生一夜情，怕當時仍是處子的她介意，她假裝發呆：啊，剛剛說什麼了。

通通，她都沒有拆穿。她沒有想過和這些人有以後，不想去靠近傷害。如此，憑欺哄堆砌浪漫，快快樂樂模模糊糊過下去，停留在表面，不觸及深處，就會有剎那的永恆。

聽見太多句「不如我娶你」、「你嫁給我吧」，都不是在徵求她的意見，或是等待她的肯首，不過情到濃時，男子以為這句話是興奮劑。大概世俗都在渲染女子渴求愛和婚姻，結果一個男子的最高肯定便是「你適合做我的妻子」。

她也不是未曾認真過，曾經半開玩笑，行到周生生面前指著一隻鑽戒，瞇瞇眼說，結婚的話要收戒指喔，人工鑽也可以，還要有鮮花和浪漫的氣氛。對方面色一沉，過分誠實：「我現在還未想像到未來。」她故作嬌嗔：「哄哄我也行。」他還是拒絕。不知道為什麼，她突然哽咽，流淚。

原來這是認真的感覺，胸口好痛。

他是好男兒，戀愛之中待她呵護備至，生日時會挑選最舒適的酒店，還不為性愛，只是想她暫時走入新的住處，好好休息。平時常製造驚喜，常備膠布，隨時煮食和暖簾。世間紛擾，他是最堅壯的那幅牆。她認清他的可貴，善良聰明，想要和他繼續走下去。

不過她不是個好人。後來嫌棄他太沉穩，只會立在心安之處，那些猶如浪潮的男子撲過來，她被捲走了。她心懷愧疚，內疚得想死掉，因為這是人生中兩情相悅遇過的好男兒。

或許她還是涼薄。

靜初知道，摧毀一個人的信念，破壞固有認知，猜疑有過的美好，從來是最殘忍。所以，她還是沒有告訴任何人真相，面對他時，她簡單地編織合理的故事，遺下離別的結局。沒有露出破綻，最後那些日子言行舉止皆十分自然，讓他以為是自己做得不夠好。分開就像是命運使然，而她是生命的螻蟻，顯得那樣的身不由己。

其實怎算是為了他，只不過想維護形象——她嘲諷自己，冷笑也不敢出聲。

雖然如此列舉，聽起來她常談戀愛，但截至人生廿三載，確認關係的只有三人。經驗其實不豐富，但人類是聰明的生物，很多事不用經歷得透徹，也可以互通。

她沒有期望自己能夠順順利利地結婚生子，害怕也會步父母的後塵，突然玩厭婚姻這遊戲，把十五歲的女兒遺在公屋中獨居，每月只願付水電煤租金，以及一千元維持生活。他們最認真準備的，只有五年一度的人口普查，回家扮演一直以來都在家生活，好一對平實的夫妻。

青春期的她，覺得沒有父母在身邊管束，是自由且獨特。後來習慣後，覺得自在卻孤單，家裡永遠沒有人氣呢。她差點想裝平安鐘，萬一不慎跌倒的話也可以快速求救。最後打消念頭，反正沒有人記掛她，倒在醫院還要經歷好長時間的等候，算吧算吧。

那些因為她年輕的姿色而心動的人，只會輕易地愛上別的女子。他們甚至不能夠具體地分辨她和其他人吧，真的有了解過她的內心嗎，如此，又怎會喜歡她。

公司要做大型活動，前幾天，經理不滿靜初的構思，大罵她不夠用心，整個辦公室也聽見。她委屈，即使成果不夠好，也經歷了連續的奔波，每交一份稿，也給經理看，讓他指出不夠好的部分。他說要溫暖些、文青些、得體些，雖然不太清晰，但她也盡力改。景和同事把她的努力看在眼內，都說設計和文案已可媲美產品公司。如果只是成品不夠美麗，她接受，但若說不認真、不上心，確實委屈。

她告訴景，說原先的設計被否決了。景從外面回來，馬上帶她入了經理房。

「之前你說這樣改，靜初才會這樣畫啊，挺漂亮的。」

「方向、細節跟你之前要求的有什麼不同？」

「你我都看見雖然她是Fresh grad，但做事從不甩漏。事情做好了沒讚賞，一次半次就把人家罵到狗血淋頭，我聽其他同事說了，全公司都知道，這樣不好吧？」

「改可以改，我想靜初也願意。不如現在一起聊聊具體想要什麼吧。」

景讓她出去，然後留下來。她不安得很，本身只是想告訴他設計需要改動，忍不住發洩不滿，沒有想過他會直接和經理說。她不清楚這是否職場常態，但過往無人會和喜怒無常的經理對峙。

他會不會太衝動了，她會不會連累他需要執包袱走？

但原來社會中人透露著一點不夠世故，是那樣迷人。

假如是幼稚的學生時代的戀愛，做些不計後果的事，青春熱血純真，彷彿是應當，因那時什麼都沒有，心動是最高貴。但成熟男人有這些時刻，則是十分驚喜。

到了這時，靜初後悔之前揣測景不是一個光明正大的男人，二人相識好一段時間，他不過是個有風度，願意照顧後輩的前輩。

那一晚，二人留在公司加班。

休息時，他問：「你常常加班，沒有男朋友嗎？」

「沒有呢，反倒是你，老婆仔女不會抱怨嗎？」

他頓了頓，沒有接話，臉上露出憂鬱的神色。她識趣，無論什麼原因，也不再提起，只是故作輕快地接過話：「我們叫外賣吃吧！」

吃飯的時候，他隱忍地透露在現在的婚姻裡有點苦悶——還不是那麼直接，只是委婉：「結婚生小孩以後就有些不一樣了，大家也沒有不好，只是不是以前。」那樣含蓄，激起她的母性。

她感覺到他不是故意訴苦，只是長年累月悶悶不樂，在加班的日子裡，忍不住洩露出來，如同她也忍不住經理的責罵。她比他少十年，這一刻差距消弭，她覺得自己是了解他的那個人。

他給她的印象實在太好，顧家、錫老婆、風趣、有擔當，因此她沒有懷疑過，他這樣說有什麼目的——她檢討過往，一個正常人又為何會常常暗自揣測語句背後的意思呢。

她盡聆聽者的責任，回應：「可是你們會去旅行，感情還不錯啊。」

「我很愛她。」他強調。

她羨慕起他老婆來。她的人生裡，沒有一個像景那樣的男人，願意對另一個異性真誠而堅定地說愛愛愛，最多是偷腥的時候。

他續道：「只是沒有以前那麼快樂而已，不是大問題。或許這就是婚姻，不是非得像十幾歲時那麼激情才好。」

「不同階段追求的東西有所不同吧。」她故作成熟，接過話題。

「這是我們之間的小秘密，你不要講出去。」

她紅了臉，不是因為害羞，而是有種如霧如電的情感往上升。她知道他不想讓妻子不快樂，才會潛伏甚久，又認為她不懂婚姻，所以才放膽地、委婉地透露心聲。

她想讓他快樂、無憂，讓他的家庭繼續保持美滿，因為他值得一個完整的家。

漸漸，靜初對景的妻子產生了好奇——

他親愛的妻子，是怎樣的人？喜歡什麼玩意？這輩子最尷尬的經歷是什麼？唯有長相，因為景把他一家四口的照片設成電腦桌布，她一早見過——溫婉、恬淡、笑眼彎彎的女子。

她常有意無意地打聽景妻子的消息，「你老婆⋯⋯」是起首語句，逐漸知道對方喜歡吃什麼，穿衣風格，以前唸什麼學科，為何想生小孩子。得知妻子叫瑜之後，靜初也「阿瑜、阿瑜」地叫著，彷彿是什麼共同朋友。瑜的名字每在口中念過一遍，她的身影就越發清晰起來，像是過往認識的密友，將會友誼長存。

在她的想像之中，瑜像魚兒一樣自由快活，浸泡在幸福之中。

後來回想，之所以對景產生超出同事的好感，就是因為他總是展現愛妻的心。

年輕有為的愛妻號，盡心盡力地工作，但求妻兒生活得更好，更處處體諒太太，如此種種，都是靜初曾經幻想過的理想的丈夫。她也想嫁一個差不多的男人。

靜初渴望自己被人重視，捧在手心，成為唯一。

結果遭朋友取笑，你是怎樣的人，就會吸引到怎樣的愛。

朋友明亮，落落大方，對萬事萬物都赤誠，家人當她是掌上明珠，安全感十足，以溫暖的氣質吸引到好多人。靜初慶幸中一便與她相識，在許多個心灰意冷的瞬間，都有她扶持，才跌跌撞撞長成看起來很正常的人。

愛總會流向不缺愛的人，像一種市場操作。

靜初不是萬人迷，但也不乏對她感興趣的人。他們不是在深夜相遇，也非在酒吧、夜店之類的場合認識，只是平淡合理地在校園上課、分組、唸書。

偏偏，他們捨得在她那處，做一個壞人。

漸漸地，對待愛情，靜初沒有那種至死不渝的態度，假如對方做了什麼不好的事，她也隻眼開隻眼閉，心想，算吧，他都捨得這樣對我了，必不能和我一起終老，何必與別人的老公較勁，難道要手把手教導他怎樣真誠嗎。前人種樹，她只能把自己埋了才能涼快點。

可能是她這樣想，因此失去了澄明的勇氣，吸引不到想要把她當老婆的人，即使得到，彼此也捉不緊。

瑜到達景傳送的餐廳。全場都是一雙一對的情侶或夫婦，捧著鮮花的比比皆是。

其實她沒有告訴過任何人，自己並不喜歡花，她覺得鮮花終要凋謝，看著它們一點點地乾瘦、枯萎就難受。可是，花期有時，而浪漫不死，她知情識趣，明白收花的意義更加重要。

景不出意外地送上一大束紅玫瑰：「情人節快樂。」

出門前，瑜精心化妝，穿上小靴子，黑色連衣裙，頸上戴著他幾年前送的鑽石項鍊。照鏡的時候，她偶然失神，這樣會不會太濃妝呢？明明只是很輕手的全妝，遮掩了膚色不均，加強了眼神，竟有些認不出自己。歲月已在臉上留下些痕跡，微微的法令紋，消失的臥蠶，都已經不用再吸引異性，流失一點青春就當是經驗——以前一直這樣想，只是每次化妝時，也想時光倒流到少艾時，應能塗少一點妝前精華，又不必極力遮瑕。

在這一天，她不是誰的母親，單純只是丈夫的妻子。

始終不是她自己。

應該要擺出良妻的模樣，得體地笑。

家裡的床近半年好像壞了，她躺在上面時，常發出「咿呀咿呀」的聲音，她提出要換，怕某一天突然塌下來，意外發生。景不以為然，能有什麼意外？就當是玩跳樓機。換是要換，但不用急，等他有空再一起選一張新床。

每次做愛時，她都覺得床的搖曳聲很煩，後來更變成了「呃呃」聲，數算他們撞擊的節拍。她一次又一次地說想要換一張床，聲音那麼大，小孩子會聽見的！他邪笑，孩子能出生也是因為如此啊。景好像很喜歡床的不穩，似乎感覺新鮮，還有種擔心：萬一塌倒呢？

他在混音之中高潮，而她就會提出：「快約一天選張新床！」

不是說沒時間，就是說累，她體貼地提出自己去挑選，他卻拒絕，認為床是一起睡的。

她溫文地吞下一句「孩子也是一起生的」，腦中想「始終十月懷胎的人是我啊」，心裡壓倒「還不是我自己照顧」，說出「好吧」。

婚後多年，對於很多東西，她都不再爭辯，無論大小，無論影響範圍，都沒有據理力爭，爭鬥或爭取也甚少。她是照料家頭細務的那個人，但是燈炮的顏色、傢俬的方位，通通不由她話事。

沒有工作，便不可以決定那麼多——

她的父母也是這樣，爸爸主外，同時控制內室，家一直和睦愉快，她確信以同一套方法套用在自己的婚姻，一樣適用。

這些年來，她已煉成和諧婚姻法則，做好分內事，潤物細無聲。

如此日子也快樂，只要她相信這樣會使大家和平美滿，就不會有任何不適。

還求什麼。

歷史給她的任務就是打理這頭家。大仔去年被確診有讀寫障礙，她生出許多白頭髮，不斷見教育心理學家、社工、醫生，卻覺得所謂的專業人士，都似是沒有養育過小孩。後來更花大量時間輔導功課，同一條題目解釋五十次，在第五十一次時，她打了大仔，之後又急忙說：「對不起，媽咪不是有心，媽咪只是一時之間控制不了情緒。」以前還輕視那些無法應對照顧壓力，終狠下痛手的家長，原來失去理智是那麼容易，她無法再溫和。

「是不是我令到媽咪好辛苦？」

「不是。我們再做。」

歷盡艱辛，瑜已經明白，一位母親不用做一個完美的老師，唸書唸到差不多就行，發現孩子在運動方面有天分，她才寬慰些，聊勝於無。在很多個夜裡，她也哭泣，不斷回想是否她做錯什麼，孩子才會如此不正常，可是如果要有報應，為何要小孩承受？她想跟景傾訴，可是他看著她發紅的眼眶，說：「我相信我的妻子，可以做到任何事情。」最後她沒有開口。

她做好稱職的母親。

剛結婚，她還未習慣家務，摺衫的時候會開 YouTube 片，否則實在太無聊，尤其是摺景的衣服時。他的衣服全都黑黑沉沉，最多混點灰藍，在她看來，件件都一樣。

掃地時，她就會把平板電腦放在滾輪椅子上，一直行，一直拖拉椅子，一直看影片，最後才蹲下身來，把小小的塵粒撿起，放進垃圾桶。浴室堵塞，倒不會悶，必須快狠準地把污垢物拎起，扔入馬桶沖走，她總是無法自控地皺眉。

然後，她就想起在香港做了廿三年家務的母親，每日都洗和乾一機衫，上班前就會把四人的衣服通通摺好；同時把地拖好，連櫃子、牆身也一塵不染；母親將家中每個看見或看不見的角落都照料妥貼，她才可以安安樂樂過了廿三年。

動作重重複複、沒有薪水、甚至有些嘔心——曾經她替母親洗豬肚，忍不住作嘔連連——母親到底怎樣忍受？

二十三歲的瑜從女兒變成人妻，心想，如果只是無聊或疲累，也罷。

記得有一天，瑜把新居布置得煥然一新，又將所有污垢都清理好，準備給景一個驚喜，但他看了，毫無反應，好像屋裡未曾變化。

他只是問：「欖的零件幾時到？」他天天都這樣問。

這讓瑜想起父親。不知是不善表達，抑或不以為然，母親無論往家裡添置什麼、清潔好什麼，他都不發一語，看了看，埋首做自己的事。煮了家常便飯或是慶節大餐，父親也只是拿起，吃掉。當然，瑜也知道不能怪罪父親，男主外女主內的家庭模式，或是華人羞於直抒讚美的習性，閒話少說，何況什麼感激不感激，開了口，恐怕母親也不知如何回應。

不過，以前母親偶然會說：「我做什麼他都看不見。」

二十三歲的瑜還是會直白地叫喚景：「快看，快讚美我。」

景有時回應，有時因工作困倦黑口黑面地回家，對所有事都視而不見。她就會識趣，默默做好分內事，把家照料得一乾二淨，和肚子裡的孩子聊天：「我今日又做咗好多好多嘢，媽咪叻嗎？」

三十三歲的瑜不再說什麼，她相信親自照顧孩子，才能和他們更加親近，所以兩個孩子的大小事，現如今已令她焦頭爛額，感恩又疲憊，不再像以前一樣需求景的關注，因為她早就被兩雙精靈的眼睛日夜注視。

今日，瑜收下花，露出驚喜的神色，聽他講述在工作的勞苦功高，如何分析市場狀況。她點點頭，和他拍照，放上社交媒體，朋友留言，你老公十年如一日地對你好。

還求什麼。

回家，卸妝，梳洗，更衣，瑜又成為了母親。可是丈夫的貼心還是讓她開心。

家庭美滿是她以前嚮往的，年輕生子，育一兒半女，和諧溫馨，像她的家一樣。

她是獨女，父母錫她，她說什麼就是什麼，乃至她懷孕後決定結婚、做全職家庭主婦時，也只是罵了兩句「你這樣會失去自己」、「將會和同齡人脫節」、「還那麼年輕」，但還是全力支持她。父母起初留難景，羞辱過他的出身和年輕，最後接受，出錢出力地讓她無後顧之憂。那時，她想，我也要複製父母的家庭模式，男主外女主內，平順生活，給予後代自由，於是和景順利協商分工。

瑜把花插進花瓶裡，想像它凋謝。凋萎也是花的意義，唯有結束，才可完成花期，美是一個過程，從不止是綻放。

二人在床上攤倒，「咿呀」幾聲，景的呼吸聲越來越均勻，瑜不再輾轉反側。

現在這樣，還求什麼。

每朝八點起身，快速梳洗，出粒後查找九巴應用程式，趕在九點之前到達公司，有時或許會遲到五分鐘。靜初慢慢接受自己長成一個井井有條、規律作息的成年人，不再似以前在深夜故作憂鬱，思考存在虛無，全因可以睡覺的時間太過珍貴，一刻也不想溜走。工作頭幾個月，仍不敢相信從此以後也朝九晚五，失去恣意妄為的自由，幸好人的適應性太強，才讓她在收到薪金時開心起來。

另一個變化是，她和景熟稔起來。

有時在差不多時間下班，巴士和地鐵都坐滿人，硬逼進去就會像氣球一樣漏氣，緩緩地。景說不想她上了一天班，還要累著等車，所以多數會送她回家。

景駕 Tesla，矮矮的，但駕得非常穩。副駕駛座有一個粉藍色的坐墊，「老婆的，你坐吧。」見她呆住，就說：「我又不是 Uber 司機，你坐副駕才禮貌。」她坐下來，看到車窗有可愛的公仔，隱藏的櫃子裡有名牌唇膏。真好。

以往她想像過自己也要往暗格擺放一塊鏡子、一支唇彩，不過她將會坐在主駕上。

有時，到了她家樓下，他們還未聊完天，他就會再繞幾個圈。

「不趕時間嗎？」

「不呢，晚點食飯也沒關係。」那刻，她其實更想聽見的是「有關係，但不管了。」好像因她而特殊一樣。

駛過光，駛過暗，景的臉明明淡淡地隨影變化，靜初不會主動說話，只是希望能在車子裡多留一會兒。好舒服。

她記起小時候暈車浪，頗嚴重，以至討厭學校所有要外出的活動，譬如秋季旅行、牙科保健、陸運會、水運會，通通成為她的童年陰影。她無法像其他同學一樣活潑又期許，前一晚還會失眠，心怦怦地跳。她猜測到自己上車之後第幾秒就會不斷吞嚥口水，渾身燒起來，然後馬上嘔吐到膠袋裡，眼淚鼻水傾斜出來，臉紅耳赤，脆弱易碎，下了車仍是一副搖搖欲墜的樣子，讓人好不同情。所有人都向她投來關心的目光，你沒事吧，你總是暈車好弱啊，身體起碼要回復半小時至一小時，屆時所有同學都已經熱身完畢。

結果她連感受快樂也掉隊。

長大以後，不知道是否開始聽音樂、常乘車，竟然不再暈車，除非是迂迴曲折的山路。

她沒有交過有車的男朋友，他們多數也沒有駕照，就算有，應該也不能買一輛車，以及租停車場。她想到如果有車，就有一個屬於自己的空間，如果沒有屋住，應該也可以在車裡過夜。住在哪裡，應是沒有所謂的。

「情人節，你和老婆去了哪裡？」

「Book了餐廳食飯，慶祝一下。她照顧小孩也辛苦。」

「真好，你們結婚多了年了？還這麼浪漫。我猜你一定有送花。」

「差不多十年，結得很早，哈哈。」

景又駛了好幾個圈。

她忍不住問：「為什麼你好像不太想回家？」

「我怕開門之後無話可說，上了一整天班，不是什麼都可以和人說啊。」

「應該沒有壓力，不想講就不講啊。何況結婚，不是找個什麼事不做也舒服的人嗎？」

他突然低沉：「其實也沒有什麼不好，我只是想和明白自己的人待在一起，或是一個人靜靜。最近Project忙到黐線，我的老婆很好，只是她不從事這行業，也不知可以說什麼。愛是一回事，工作煩則現實很多。」

一個社經地位比她高的人，突然展示平時難見的脆弱，她的母性全然被激發。

她好像又暈車浪了，不禁在想，啊，如果我有一個家庭，得保護好兒子。

景的失落幾乎寫在臉上，不是含蓄地作畫，而是以筆劃分明的新細明體把字刻出來，讓人不好意思忽視。

但對她是越來越好。噓寒問暖，寫紙條，送手搖，在她看起來贏弱時就點一杯薑母茶。

她明知道不應心動，卻還是無可自控地想要靠近他，甚至出現了「要不要勾引他呢讓他成為她的老公讓他的妻兒不再佔有他」的想法。她搖搖頭，想要晃掉這種衝動。主動地追求他，與被動地接受他的追求，兩者之間，即使結果類同，但涵義極大差別。半推半就成為第三者，總有些悲情意味，含蓄內斂些，但主動求愛則太進取，不符合華人文化——嘖嘖，她果真循規蹈矩起來。

為什麼呢？一個已婚男人為什麼會示好呢？難道想要出軌嗎？

一旦，萬一，只要她是個心懷叵測的女子，刻意拍下他的親密照，隨時可使他身敗名裂，社會性死亡，他的妻兒或會離他而去。這些都是代價，不可能為了短暫的欲求犯險。

景遠遠地看著靜初，其實他知道再進一步，隨時身敗名裂。他只能賭她會從此溫馴、被征服。不過，正正是以身犯險，他才感覺自己鮮活起來。

景走到苦悶的階段。他感到生命的一切都沒有意義，或者是已經達成。

追求事業，結婚生子，賺錢，健身，旅行。每件事他也做到了，還有什麼可以追求呢。近期天氣轉涼，入夜秋風便起，好像是氣象把憂愁都帶過來。這是無病呻吟，無嘢搵嘢嚟搞，他咳罵自己。

找不到人傾訴，無人明白他的處境。

誰都誇他聰明，在廿幾歲已完成結婚生子這些人生KPI，往後便不需要再以日漸下降的體力應付越來越麻煩的屁事，還在壯年拼搏，未屆中年，已應有盡有，還求什麼。

世上的悲歡各不互通，他真誠地訴苦，別人以為是曬命，他忍下嘴，沒有說其實頗羨慕你們還有那麼多瑣碎的事可煩惱。他只要按時工作，表演煩惱，準時收工。

除非是因為愛。

靜初驚喜地猜測，也許是在這幾個月的相處之中，他愛上了她，所以願意以身犯險，哪怕有潛在的危機，仍想和她好好走下去。

生活真無盼頭。

養兒一百歲，長憂九十九，但瑜已經憂心了好一大部分。她是體貼的妻，縱容他在下班之後什麼都不理，只要出現在孩子面前，問：今天做完功課了嗎？好棒。周末陪你們出去玩吧。於是他連做一個父親都看起來游刃有餘。他試過半開玩笑地叫瑜多給他帶孩子，以免孩子跟他不夠親近，她爽快答應，卻輪到他退卻。

他又不想做一些不感興趣的事。

譬如，他看到社會新聞，醫生、律師到小商店偷零食，意欲減壓。他也想透過偷竊、藏有違法物品，來增加刺激，卻興致缺缺。

認識靜初是意料之中的事，只差這年輕的應屆畢業生姓什麼，李靜初、王靜初對他來說都差不多，天真。無論她自問經歷了多少苦難，或認為在過往幾個男子之間已煉成銅牆鐵壁，都會不夠三十幾歲的男子狡猾，隨便示點好，成本極低。她還可能急於想展示自己的成熟，更容易被打動。喜歡追求年輕女子的男人分兩種，一是喜愛滑嫩的肉體，二是不再去挑戰歷盡千帆的人。

**他想了解自己是何者。**

不，靜初認為這猜測不太準確。一個比她年長十年的已婚男人，已有老婆仔女，怎麼可以放任情感，在行為上也沒有克制，任由他發酵？如果真是，他也只是好奇。比起愛她，他只是愛自己。

她多少有點失落。

為什麼人生走到美滿，一切順遂時，反而更強烈地欲求不滿呢？

體內有膨脹的欲望，正在蠶食他的骨肉，衝破他的皮囊，勉勵他：人生還有很多精彩的事可以探索。

你不要在此處停留喔。

於是他更頻繁地邀約靜初。下班後，除了送她回家，偶然也一起晚餐。一天廿四小時，午餐和她吃，晚餐也和她吃。

聽著她在說活潑的胡話，真覺得與她共對，也回到了十年前。

那時充滿理想。社會上的萬事萬物，無論好醜，都是新鮮，因此奇妙。他記得自己發誓要成為人中龍鳳，絕不會走到某處，突然就失去熱忱。瑜當時在他身邊說：「不用那麼大壓力，人本來就是快樂最重要。」

瑜是體貼的女朋友，只要伴侶無憂地活著，內心有清晰的價值觀，如果為了功名利祿而紅了眼，絕對划不來。她知道美好的愛情是兩個人努力地建構生活，不必去到什麼頂峰，只要順遂地過好人生規劃就好。求一份工作，穩定的收入，結婚成家，生一兒半女，中間不知會經歷什麼，最後安享晚年。

她在他緊張的時候，一次又一次地提醒：你不用太叻，可以平凡，可以被人海埋沒，我會找到你。

甜蜜的時候，這種說話尤其溫暖窩心，錦上添花。但走到平淡時，他向上流的心認為這是一種輕視，輕視他的人生只能平凡地過下去，不能夠有出彩的時候，因為不配得。

所以這麼多年，他不僅沒有被她同化，反而確認：我不要庸碌一生。

在別人的敘述裡，不能是普通平淡無傳奇，故事應有轉折。

焦慮、不安、無措，這些感覺會令他生出一層新的皮，內在會迫使蛻變，讓他以更加成熟的面貌衝破舊日，適應新的生命階段，不過是自然定律。

三十三歲的他越來越好。戀愛初期，瑜教會他，不用做丑角，對於真正想爭的事物就前去，對於其實可有可無的東西，不必費心放下身段。看著瑜，就想起舊時的自己。

想起舊時那個連友誼——更準確地說是不被排擠在外——也難以得到的自己，他渾身不適。那個象徵著對萬事萬物也沒有自信的時期，他越過了，但有時看見她，好像覺得未離開過那陣時，回憶彌漫在安樂窩裡，不自覺地顫抖一下。

彷彿她是他的恥辱柱。

此刻，景認為更加憧憬未來的靜初，可以讓他回到二十三歲。

讓他心動的，或者只是更年輕的自己。

不過，靜初倒是察覺自己對於景的家庭有所憧憬。

如果能夠成為他家庭的一分子，那有多幸福。早些天，他提起女兒生日，特意訂了迪士尼酒店周末舉家遊玩，還給她看照片，瑜和他戴上米妮米奇的頭箍，女兒穿公主裙，兒子在旁裝酷。站在城堡前，站在旋轉木馬前，站在高飛隔籬，有好些相片還是女兒在吃蛋糕，臉上也沾上奶油。

「哇，好夢幻，我都不知幾耐無去過迪士尼。」

「阿女喜歡，常說大個要做 ELSA，那也好，不會和陌生男人結婚，傷爸爸的心。」他笑著放大女兒的樣子，續道：「你對上一次是幾時？」

「小學，做義工後有門票，但我沒有爸媽帶入場，最後就跟隨朋友的家人過了一天。好彩有他們。」

「跟別人的家人玩也開心？」

「也開心的，只是不敢叫他們買東西給我。譬如迪士尼頭箍，我覺得很漂亮，他們一家大細也有一個，我的零用錢又沒有很多，最後就沒有買。他們很好人，不斷叫我挑一個，但我實在不好意思，那時我覺得很貴。」

「你很乖巧。」

「那也是沒有辦法。」她說：「我很羨慕你的女兒，有這麼好的爸爸媽媽帶她玩。」

「你早晚也會建立自己的家。」

她未置可否，轉移話題：「女兒有許生日願望嗎？」

「她不告訴我們，故作神秘。」

「是不是有喜歡的人了？」

「不會的！我不相信！」

靜初很喜歡聽景說家長里短，夢幻、不可思議，但又真實存在，只是沒有發生在她身上。前陣子，她愛聽瑜的故事，現在更愛全個家庭待在一起時的趣聞，好像聽得多，這些經歷也會變成她的。

在景的敘述之中，他的家由年輕的夫婦和一對可愛的兒女組成。男主外，盡力在外工作拼搏，求升職加薪，務求予家人良好的物質條件，亦不會因此忽略孩子的管教，在繁忙日子裡仍抽出時間聚會，聯繫感情；女主內，溫柔體貼地掌控家中大小事務，對孩子有耐性，產後保持身材，並對於家庭分工自洽，不會對於家庭主婦這身分感到焦慮，亦肯定自身價值。至於兩個小孩，都在夫妻二人更年輕時生育，整個家的年齡相差不遠，父母可以保持活力，看著他們成長。

她好想成為家庭成員，一定很幸福。

哪怕是一隻寵物，哪怕是一位傭工，哪怕是一幅掛在牆上的畫。

小時候，她替朋友慶祝生日，最後來到朋友的家，全家人齊齊整整留在屋，等待她們切蛋糕。朋友當時皮膚比較黝黑，叔叔笑她像可羅米蛋糕一樣黑，姨姨忍不住笑，但還是會反擊「還不是遺傳了你！」最後快快樂樂地唱生日歌。

靜初把這個畫面記了八、九年，她在朋友許願的時候，悄悄紅了眼睛，祝福朋友永遠快樂。

不敢開口說些什麼，怕第一句便是：「我都想做你屋企人。」不因友情萬歲，而是一種欣羨的迫切。

她不是沒有見過諸如此類的場景，但當時父母剛離婚，如此直觀的溫馨令她好震撼——啊，原來別人的家能有這樣簡單平凡的善意。她也想擁有這種家庭。

如此心心念念，成為了一種執念——

是不是只有取代瑜，她才能擁有？

二人一同放假的日子，尤其是平日，景會佯裝要到公司加班，帶靜初到大學遊玩，過去看過的風景，摸過的貓，懼怕過的傳說。她一聲聲配合地反問或驚歎，都令他開心。

開始訴說過去，他說自己是一個自卑的小孩，從小就被家人說沒有出息，小時候只顧著玩，坐不定，父親拿電線打他，痛得很，做完功課後看五分鐘電視，也被指責

成每天只顧娛樂。他不否認自己調皮，在班中會撩人聊天，後來老師說：「你們想跟他一樣沒用嗎？不要和他玩。」這使他在分組活動裡被孤立，秋季旅行也與他人排斥。

為了不再像小學般被排擠，中學時期的他學習怎樣逗人笑，怎樣進入集體，怎樣成為相對討喜的人。學校常有人打架，還因揍老師上過新聞。他有時打人，有時被人打，到高中才開始專注讀書，因他發現再這樣下去，以後不知道去邊。

回到家唸書，又被母親嘲諷：「突然想上進了？總好過沒有。」每天都講一遍，所以他更愛到自修室溫習，後來被同學發現，所幸沒有造成不好的影響。

可能是本來性格也有點怪。景笑著說，中學和大學也沒有識到什麼人。

「我一直以來都是自己一個人的。」

靜初竟聽到眼濕濕。

突然，她覺得沒有那麼複雜，這一切只是讓兩個有創傷的人靠近。從過往的孤單，到拼命掙扎求存，多少藏在語言之中與人連結產生的治癒因子，即使背景不那樣相同，但也可以共鳴。他跨過世世代代的教育方式，如今生下小孩子，沒有把傷害承傳下去，選擇溫和，秉持尊重而溫柔地愛著他們。她終於明白，為什麼對景有好感，假如自己有這樣的父親，或者不會在自卑自憐自傷之中長大，錯過了那麼多本應燦爛的青春時光。

她感覺自己那些破爛的皮肉，開始瘋狂地生長。

而靜初動容的臉，讓景的心微微一顫。

所有人都說過去的已成過去，別要回看，他已有能力獨立生活，且建立到小康之家，再不是以往那個小孩。好像難過的時光就此消失，妻子叫他向前看，一切都會好起來，像後來認識的他和前塵沒有關係。可是他偶然還是會暗暗失落，看似規律的生活，寧靜的夜再好，也無阻他忽然全身一緊，告誡自己要越活越強壯。

可是現在有人感他所感。靜初有一雙水潤的眼睛，使她無論聽見什麼，都十分深情，而此刻景相信她明白過去那些事，仍然隱隱約約地橫亙在他生命之中。

所以她才痛心：「原來你以前經歷了那麼多，辛苦你了。」

他忘了以前有沒有人說過類似的話，但在一聲一聲明天會更好之中，他不曾說起過往，卻希望有人認可他確實被打倒過，只是堅強地站起來。

憑著個人的力量，開啟了新的人生。

「如果不是中學進不去，我也想帶你去。」

這晚之後，他對靜初生出了一種悸動。

二人的交往尤其親密，她假日說不想落街買外賣時，他會叫外賣放到家門口，夜晚睡不著，則訂購熱牛奶讓她喝，叮嚀好好養生。他總可以避過瑜的眼睛，躲到廁所、書房裡傳訊息或語音，也會藏入深夜，在瑜入睡後悄悄翻身用電話，嘴角會微微上揚，卻會控制好不會發出聲音。

他相信自己遇上愛情。

這才察覺，怪不得此前一直感到空虛，如今他有妻兒，有事業，有情人，打從心底地快樂起來。

在空氣散發曖昧氣息的第二個月，景和靜初上了床。

星期五，同事說要 Happy Hours，景和靜初都去了。氣氛烘托下，她喝了一口又一口，很快便不勝酒力，全臉通紅，眼睛像滴血，連看人也失焦，聲音無骨，輕易摔在地下，景接住，和大家說：「我要回家交人了，順便送靜初回去，她再喝下去就嘔。」沒有人懷疑他，只當是照顧下屬。

他和瑜說和同事飲酒，不會太早回家，著她先休息，還在出酒吧之前拍了照，和她報備這裡一共有九個同事。

他扶著靜初，一邊行，一邊問她有無事，她嘴唇半開半合，沒有回答，眼睛有淚花。景吻了下去，二人沒有上車，在附近開了一間房，付現金，以免留下信用卡交易紀錄。

雖然喝了點酒，但他的頭腦異常清醒，想要完完全全地佔有她的身軀，反正都已經越軌，不如更徹底。

是從什麼時候出現這想法呢？大概是這些年來，他已很久沒有被妻子以外的人觸碰，雖然偶爾也會遇見主動撩撥他的女子，多少有點興奮，卻又擔心後果。畢竟一個主動的女子，注定變數甚多，難以駕馭，最後他無情拒絕，沒有人再敢來進攻他，好無聊。

他渴望一個機會，自證除了社經地位之外，原始肉體仍然吸引。

在床上脫下她的衣，皮膚幼滑緊緻，胸部上下搖晃，極具彈性，他愛不釋手，把所有激情都送給她。

她問：「你可以留下來嗎？我很累。」

他陪她睡了兩小時，調較了手錶鬧鐘，躡手躡腳地起來，穿好衣服就回家。不可以被瑜發現。他已經很久沒有過一場淋漓盡致的性愛，光是嘴唇碰觸到嘴唇就喚起了一切原始本能，漏了色慾，濕了暢想。靜初是新的軀體，新的紋路，新的氣息，無論如何也是美，姿勢和表情全部都是有待發掘，試了一次，就想看看那些未知的、新的可能。

不禁硬起來，下體的灼熱被回味喚醒。

換套睡衣，他便上床，「咿呀」一聲響起，他頓了頓，想起瑜一次又一次地叫他快點換走這床。第一次，他後悔自己不夠決斷。但發現她沒有醒來，鬆一口氣，睡得香甜。

夢中，他在吃一個巨型啫喱，嫩滑，剔透，他躺進去被緊緊包裹，看不清頂層，只覺這是兒時喜歡的零食味道。半晌，聽見瑜的聲音，叫他起床，他就往啫喱的深處裡鑽，躲起來，藏得再深一點。

靜初在半夜醒一醒，很快就發現景離開了，啊，她驚覺二人剛剛做愛了，有點震撼，但隔了一會兒便接受，也自嘲解鎖人生新身分，作為他人婚姻的第三者。

幸好他回家，即使肉體上逾越規矩，但仍然有意識地回到妻子身邊。

靜初忍不住想，這些天來的曖昧，都是存在因果。

愛上景，不過是為了保存他的家庭罷了。

他已經對婚姻感到沉悶，早晚有一天，不滿足於只是和年輕女下屬曖昧，吃吃飯逛逛街——手沒牽到唇未吻到，何有盡興。也許他會有一天，突然叛逆，不想要家了！不要妻兒聚首一堂的畫面了！就隨便和外面的女人亂搞。到時候，瑜發現了，或許會和景鬧得很難看。

靜初不想這樣。

如果，那個狡猾的外遇對象是她呢？

那個愛上景，也羨慕卻不妒忌瑜的女子，成為了他的出軌對象呢？理智與任性之間對峙，她竟肯定能夠自控，不會欲求更多。

如果他露出破綻，瑜和他離婚，那麼，他也不會是美好的丈夫；與孩子分離，也不必然是個好的父親。

靜初就不喜歡了。

她愛上一個完美丈夫的形象，與之投射，希望自己可以成為家庭中的其中一個重要角色，只挪取每天的上班時段，過了就把他歸還瑜。

她希望能夠滿足他的異心，讓他在家裡，一如既往地對妻兒好。

他就可以繼續經營一個她夢想的家庭。

一想到這裡，她更肯定與他發展是正確，如果換轉他人，必然摧毀他的家，因為沒有誰能夠忍受心愛的男子與別人名正言順地在一起，最多是強撐，總有爆發的可能。而她幾乎確定，自己是這世上最希望景家庭和睦的人，即使沒有任何法律約束、利益衝突、血緣關係。

景在她心裡，不是普通男子。

她其實最想做他的女兒，而瑜做她的母親，他們的一雙子女是她的弟妹，家庭溫暖、完整，彼此在乎而不會捨棄，偶然出街玩，玩到累就回屋苑附近的餐廳食飯，小孩或會吵著吃快餐，而她就要和他們聯合起來，向瑜和景撒嬌。

想像到此處，靜初都恨自己只是比景年少十年，而不是二十、三十……若是如此，她就能更名正言順地作為他的女兒，成為他家庭中的一分子。

做情人，只是迂迴的、感受溫暖的方法。

這種幻想美妙得像渴死之人綁在腰上的石，沉甸甸地把人拉進海，說裡面有快樂的童話，唱歌的美人魚，無垠的自由。於是她潛下去，仰頭遠遠地看著太陽，光明地潛下去。

突然肯定，過往那些不夠美好的經歷，都是為了讓她練成提早察覺他的異心，卻會平靜地安居不道德位置。

自此之後，二人心照不宣，沒有提及過關係的形狀，但下班後便會黏在一起，有時等到無人再齊齊走，有時則前後腳離開，小心得很。如果被人發現，那就壞了，後果不堪設想——正是如此，才刺激。

靜初極力維護景的好男人形象，就像維護自己的尊嚴一樣。

「以前我都不明白為什麼人們會出軌，但原來有時真的情不自禁。我發誓，這是我人生第一次動歪心思，但很高興對象是你。」

在房間裡，他柔聲說。

她不說話，只是奮力地前後擺動頭部。他的手捉住她的頭髮，也是前後郁動。

「啊……別吸得那麼大力，我要被你抽走。」

別說話了。她加速，讓他只會呻吟。

一個好的丈夫不會在外偷腥，不會說淫邪的話，不會說別家女子是他生命中的唯一。她走到廁所，吐出來。

可是幸好，你只在我面前流露這一面。她整理自己的內衣。

不然，我們都不可能相安無事。破壞信念是殘忍的事。她漱了漱口，出去抱住他。

「你真棒，在哪裡學得那麼好？我老婆不喜歡，所以幾乎沒有。」

她親吻他，抱住他的頸。

別說話了。

常睡在陌生的床的景，認為一切也很新奇。

不再是倒下就咿呀地叫的床，不再是對性愛不甚熱衷的妻，不再是以為生活一早到了盡頭的男兒。

他感恩靜初未曾過問「名分」，未曾做些小動作示威，譬如拍照放上社交媒體、故意在他車子裡遺下個人物品，甚至比他更小心地檢查，一遍又一遍。問她，認真地答：「我希望你生活安好，我和阿瑜可以一起愛你，所以會努力守護這段關係。」還嬌羞地笑了笑。

這就是愛情。他心裡多了些悸動，對於她的純粹。愛是利他、無私，願意付出和奉獻。為了讓他繼續過好人生，她竟能拋下自己的佔有慾、不安，平靜地在約會以後把他交還妻子，只是想他好。這就是可能比愛情還高遠的愛。

一時之間，他回想起中學時喜歡的女孩，暫稱她為「女神」。那年代，男孩習慣以「女神」稱呼心儀對象，不能確認女神喜不喜歡他，但見她與別人更親近，笑得更歡快，他的心總是有種模糊的難受。儘管如此，他仍會示好，小息時到小賣部買燒賣給她，幫忙取儲物櫃的書。他當然想要回報，但如果沒有，也不妨礙每次看到她，心頭就有冬雪融化。

哪怕聽說過她在背後與朋友譏笑：「癩蝦蟆想食天鵝肉。」

年少的景依然甘之如飴，無條件的付出才是純粹的愛。靜初一下子激發起他的少年情懷。

靜初一邊相信情難自控，體諒他的本能，輕視自己不誠實的勾引；一邊盡量誘導他做一個張弛有度的丈夫，喚醒他還有妻兒，不可出軌得那樣傾情。

可是，似乎效果不佳。

直到她在街上看到一位妻子捉住丈夫，狠狠地掌摑眼前的女子：「你不要臉！破壞人家庭，你有沒有家教！你有沒有父母！」

那丈夫不發一語，瑟縮著，手微微上擺，被妻瞪過去：「你敢維護她，一輩子別要回家！」於是丈夫避過第三者的眼神，垂下手。

街外人全都竊竊私語，靜初處身人群中，口張了又合，把所有的惡意都盛起來，一聲聲「狐狸精」、「勾佬」，都讓她想自辯：不是的！我不是為了佔有他而這樣做的！聲音卻沙啞起來，任憑她想怎樣嘶吼，聽來只是野生動物被狩獵的悲鳴。

嗚呼。最後靜初看見那個第三者的臉上通紅，有清晰的巴掌印，妻子似要將生命紋路都印在她的臉上。

石頭把深潛的人牽引幽海，就沒有再見過太陽。

這次事件深深衝擊著靜初。

雖然，她和那些蓄意插足他人家庭的第三者，表現形式是一樣的，但內核、初心、本願都天差地遠。她為了景的家好，幾乎可以保證把自己藏得嚴嚴實實，不會落得被公眾指認的下場。

可是，一個對妻子忠誠的丈夫，注定背叛第三者。她記得那路人丈夫伸了又縮回的手，這不是含蓄的愛的表達，而是怯弱退縮的人格呈現。即使她沒有破壞家庭的心，但一旦東窗事發，誰會懷疑她的惡意呢。

不如她真的本著惡意吧，萬一被掌摑羞辱，也算是心願誠服。

這念頭在她腦中一閃而過。

靜初沉下心想，瑜會因為什麼而更悲傷呢？是一個女子蓄謀已久地侵害她的幸福之家，還是，為了保存她表面完整實則搖搖欲墜的婚姻關係，而主動穩住景的心？靜初可以肯定，後者必定更傷人自尊，悴著毒的好心教人吞服得快，全身發黑，靈魂也衰竭。

但自尊之重，難道大於完整美滿的家庭嗎。

她否定。

親愛的瑜，據我所知，你是一個憧憬完整之家、婚後全職做家庭主婦仍無怨無悔的女子，你愛丈夫和兒女，就像愛生命一樣。你會為了愛和責任，寧願家庭和諧穩定，讓兒女在相敬如賓的父母氣氛之中成長。自從做了妻子和母親，你就學習怎樣把自己放到最後。所以，權衡輕重之下，你也許想過，假如景有異心，也不要讓人發現，暗暗，悄悄，輕輕地做壞事就好。

實在無法考證，假如景此刻牽上的手不是她，是否也會生出同樣的對話？可是如果，這段對話公之於眾，她將會感到委屈。她是愛他對家人好、愛惜妻子，哪怕有那麼一點異心和憂愁寄託出去，整體還是忠誠，可他漸漸不是。

「如果我是遇見另一個女人，或者不會這樣。」

「怎樣？」

「糊塗。」

她寬慰，他是知道不可為的。

所以她繼續和自己說，這段關係是為了他的家庭，也為了她一嚐成為某個家庭的成員，私慾明晰起來，因此，漸漸心安理得地過下去。

---

某一天，景說瑜要和朋友旅行，子女也到外婆家住，家裡空無一人。日復日的偷情已不夠刺激，他必須找些什麼來讓整件事更加驚心動魄，更加像在做壞事，最好是事成過後會抬不起頭一直懺悔。

「你上嚟玩吖。」

「不要，被你老婆發現了怎麼辦？別輕看女人的細心，多了兩條毛也很明顯。」

「那我們小心點，現在好無聊，和以前的我沒分別。」

平安無事的日子過了太久。靜初的不作為，開始讓他迷失，啊，那出軌是不是就等如純粹的變心？竟然，沒有為他的生活帶來巨大的變化。

「很大變化啊，你我都不清白了。你以前有和女孩鬼混嗎？好貪心。」她近乎撒嬌。

「不是這種，你看電視劇那種好起伏的情節，比較好玩。」

「電視劇播完了，或者小說看完了，合上，一切就完結。但你有真實的人生，你是不是想失去妻兒？這樣不好玩，又變成孤家寡人。」

「但我有你嘛。」

「你再這樣就會失去我。」

「你不應承，現在就失去我。」

二人像小學生鬥嘴，經不起軟磨硬泡，靜初答應到他家中作客。

一向謹慎的他竟破格做出輕易留下蛛絲馬跡的事，一條頭髮，一根唇膏，放置方向錯誤的家品，通通可以成為線索，所以他興奮起來。偷情的另一種刺激，不就是要展示危機應變的能力嗎？唯有花盡心思掩飾罪行，才能讓過錯錦上添花。

生活有了新的盼望。

那天，他一開門，就吻向鞋也未脫的她，難捨難分。

「有 CAM？」

「無，點會有。」

一步步移動，一步步親吻，走入洗手間，脫去衣服。

二人在淋浴間做前戲，濕漉漉地躺到床上去。

床「咿呀咿呀」地響，他第一次聽見這樣動聽的背景音，急不及待把所有激情也搖進去。

床「咿呀咿呀」地響，她耗盡核心力量前後騎乘，就像坐上一匹野馬自由飛翔，越過山谷，擁抱雲層。

床「咿呀咿呀」地響，他又重新在上位，有點想要停下來，床大聲得像下一秒就要散架，可是前所未有的快感使他加速。她的臉皺成一團，像餃子還未蘸上醋的時候，飄起熱騰騰的香氣，彷彿一咬下去便肉汁四濺。真下流。

家裡的床塌陷。

他的陰莖痛了一下又一下，整個人也冒冷汗，無法睜眼看靜初。

早點換張新床，睡得不舒服啊！景昏倒前，彷彿聽見瑜的聲音。

# 三角的女子

她連自主得到關心的行為，
也經他人操控、主宰，
在狹縫中承受過的所有生理快感，
全都與她的個人意志無關嗎？

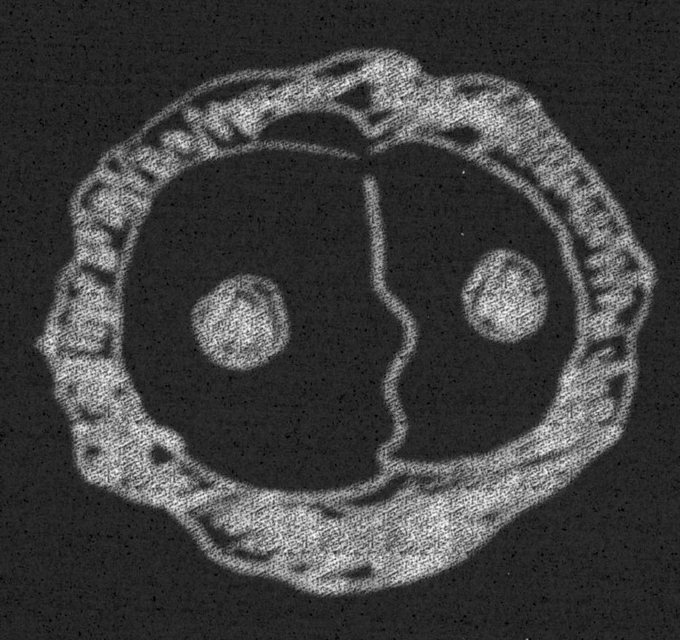

梁紅得知安安與多名男子性交時，先是震驚，久久不能平伏，然後無論如何從腦袋中探究，也沒有任何蛛絲馬跡。

事件還不是由她這個母親發現，而是安安在酒店裡被灼傷，送上救護車。

她清晰記得那句：「我第一次玩SM，不知道滴蠟要用低溫蠟燭！我不是故意的！」令安安灼傷的男人氣急敗壞地說。

工程師，廿八歲，深藍色袖衫，黑色西褲，幼圓框眼鏡，皮膚白淨，一副循規蹈矩的相貌。

這是梁紅對這人的印象，回家之後，她完全忘記他的容貌，唯獨記住他斯斯文文。她執拾好安安的物品，毛巾、底褲、潤唇膏……之後折返醫院，叮囑安安要保持清潔。

外頭有太多人，她必須冷靜一點。

直至警察和她說，安安最少和七個男性發生關係，才忍不住破口大罵：「無可能！她由細到大都很乖，根本沒有空餘時間出去搞三搞四！她天天都留在家耶！」

安安才剛十六歲，要是追溯，即是說十五歲的安安已經不是處女。

警察說：「你女兒親口承認。我們將會以與未成年少女發生性行為來控告那些男人。」

梁紅整個世界也倒塌了。她最想不明白的是，安安在什麼時間完成這些事？安安很乖啊，每日也乖乖上學，乖乖下課，乖乖補習，未見太晚回家，也不會出夜街。日程已經填滿，怎可能抽到一至兩小時和陌生男人交歡呢？見面之前，還需要敲定行程，又要不斷聊天、初步認識，安安這麼乖，為什麼會如此。

眼睛一黑，梁紅暈倒過去。

在昏沉的夢中，她看見安安還是五、六歲，每天幼稚園放學後，就會到樓下公園玩，和同校的同學、在公園認識的小朋友一起捉迷藏，笑得很開心。小朋友並不會藏，他們總是把一大個身子露出來，或來來去去也在同一個地方逗留，「鬼」發現時他們

就會馬上尖叫，再急急跑走。有次，安安藏在家長們聊天的長櫈後，一直都沒被人找到，她越來越失落，於是梁紅大聲吸引其他小朋友，才不至令安安孤單地完成遊戲。

從小到大，二人也有傾有講，安安自小有什麼不開心，梁紅也會充當明燈：「你不要這樣這樣，你要這樣這樣。」沒有羞辱，沒有責罵，只是平靜地引領。只要安安依照，就可以順利地度過難關。

作為母親，她有什麼缺失呢？自問沒有過分逼迫孩子，只想其品學兼優地成長，堅強地克服困難，未來成為一個更好的人。她沒有要求安安必須考全級頭十，能夠當然最好，但做不到也沒關係。她沒有要求安安必須學習什麼才藝，跳舞畫畫彈琴拳擊，可以選擇真正有興趣的。

關心，愛護，她都有給予安安，所以一直數算那些過往，就一直痛心。

得知安安因測考不開心，梁紅會安慰，說人生關卡那麼多，區區一兩件小事，不需執迷。若有男生向安安求愛，梁紅亦會和她分析早戀的利弊。作為一個母親，她已盡力。

安安是沒有看見她的付出，才會行差踏錯嗎？

梁紅終於憤怒。

得知安安出事之後，黃貞一巴掌打在梁紅臉上：「你怎樣教女？真丟人，才十五歲就搞三搞四，還要被人知道！以後還怎樣嫁人，個個都知道她是二手貨！」

梁紅反而平和：「我會讓安安知道這不是人生唯一一條道路，她可以選擇的還有很多。」

黃貞是梁紅的母親，也是安安的外婆，三個人同住屋邨之中，家裡共有兩間房，小的是安安自己睡，大的則由黃貞和梁紅一起睡。

「你給她這樣多道路，所以她就這樣囉！」

「在出事之前，你也說她很乖！」

「廢話，你怎麼不說在出事之前她沒出事？何況你平時也沒給她什麼自由，她可能是被你逼瘋！」

「你憑什麼這樣說？難道對她不管不顧才是好的教育嗎？」

「那也不用逼得咁緊，然後扮開明！」

三人同住多年，起初是因為沒人肯收留黃貞——往日悉心照顧的薀仔薀女，全都嫌她煩，而放任管束的其餘子女則避而不見，紛紛拒絕接收。最後梁紅家中尚有位置，收留了她。黃貞沒有具體地做錯些什麼，沒有家暴，沒有虐待，沒有情緒勒索，只是不在乎梁紅和幾個妹妹，什麼都不理，死活也無所謂。

鄉下實在有太多孩子了，少了一個半個，最多悲痛一會兒，還是要為養活剩下來的而繼續謀生計。又因有太多小孩要照顧，結果只能把精力放到最小的嬰兒上。

個個都這樣。

只是梁紅發誓，她若做人父母，一定不能這樣。

黃貞怎樣對她，她就通通不依，用相反的態度對待安安。

所以她很關心安安。

女兒，梁紅心中有理想女兒的模樣——姐姐生的女兒。文靜的，可是一旦要說話便能口若懸河，毫不生怯；聰慧的，偶然會說點傻話看起來有些童真；多才多藝的，見過世面的，品學兼優的，愛護母親的……她記得以前出席外甥女的大學畢業禮，看著對方穿上畢業袍，被朋友簇擁著合照，收到一紮又一紮花和隻隻一樣的卡通公仔，還禮貌地喚她：「姨媽，多謝你來，我們一起拍照吧！」精緻的妝容在陽光照射下透著碎閃，亮晶晶，梁紅在她的臉上看見美好的將來：不需依附在任何人身上的獨立生活，偏偏她又那麼孝順，記掛作為長輩的梁紅。

因此，梁紅希望安安也如此長成。

「我不跟你說了，我要到醫院接安安。你別在她面前提這事。」

黃貞在家裡唉聲歎氣。

她常覺得自己要在家裡等死。一個老人，還可以有什麼盼望呢。

以前她相信兩個人結婚，兩個家族的結合，是一種福分。人只會越來越衰老，差別在怎樣枯萎，開過多少花，結過多少果，都是修為。但生孩子就是種植新苗，大人會期待，投入心力澆水施肥，看著眼前人成長，突然整個世界都變得可愛，一切尚未探索，充滿未知，尤是刺激和新鮮。於是有了孩子，自己也會熱情起來。她最初是這樣想的。

怎知生下太多孩子。

子宮是她人生的轉折。

其實生下第一個孩子時，她已經感覺沒有多餘的力氣，再去期待這個期待那個。下腹常常有撕裂的痛楚，像宣告從此以後也不會好起來，心情隨著鬆弛的肚皮往下垂，跌落地，不願再起來。

她在家中成為了一隻鬼魂，自我意識消失，留有肉身背著孩子通屋哄睡，她哼唱遠古的歌謠，在細小的屋子裡走來走去，走到眼神空洞，走出腳步浮浮，把孩子從肩上卸下，肩卻失去知覺。她什麼都不想做，每朝起床心想，或更準確地說是意識，都是將應該做的事做完。突然忘記去房間是為了什麼，呆呆站著，下一秒滿心是把孩子扔到田外，任他四處亂爬，被老鷹叼走。聽見孩子餓得哭起來，才回過神。

很快又懷孕。

黃貞自問已盡力照顧好孩子們。她總是不斷懷孕，生了一個又一個，然後忘記以前的身體是怎樣——不會尿滲、沒有紋的肚皮、未曾撕裂過的陰部，她摸著自己，手的繭又厚了幾分，形成時空的圍欄。

可是所有女人都這樣，她最終妥協。

一個人的心沒有很大，事實上只得不足三百克。她無法平均地分配注意力予孩子，又因數目太多，算吧，算吧，只要活著就好。

長大之後的梁紅能幹，是某美容公司的分店經理，為了照顧好安安，盡力完成工作，準時收工，爭取在安安上完補習班後回到家。除了不做家務，這個家她什麼都管。

這個感情疏離的女兒是「叻女」——黃貞從家用之中略知一二，給得多，分明讓她儲起一部分，明目張膽地打斧頭。她負責家務，買餸煮飯洗衣拖地。不知是否親生的孩子都長大了，她沒有以前的厭惡和疲憊，母愛湧出來，反而很願意照顧孫女安安，都不知道是否心境改變了許多。

可是安安不熱絡，從不說心事，二人聊了幾句，就說要去溫習。黃貞不能勉強，只說：「叫你媽別給那麼大壓力！」

安安笑了笑，關上房門。

日間，黃貞在家裡好無聊。

屋子有兩間房，人都在時，房間全部都關上門。日頭只得她一個人，門都是打開的，但也只有她一個人。

黃貞威武的母親形象蕩然無存，在這屋裡沒有人注意到她，只是一個拿錢、做家務，其餘什麼事也與她無關的幽靈。假如在三、四十年前，她一定會高興至極，只需做本分內的事，漠不關心。然而現在，則無比空虛。她多想梁紅與安安會親切地和她說說話，女兒不都是貼心小棉被麼？她只是想要一點溫馨。

假如梁紅怨恨的是，以前她沒有給予關愛，隨便養大，那為什麼只生她的氣？為什麼不是在丈夫死時，一併把怒氣帶走呢。呵，梁先生賺錢養家，不也沒有怎麼管孩子嗎。然而個個都說他辛苦，已盡了本分。

可是把孩子養大就是黃貞的本分，他們也沒有死掉，沒有高燒遲遲不退，沒有餓壞凍傷。

愛、關心、呵護，這些是本分嗎？若是，或不是，為何孩子們都只對她苛求，而不向梁先生索取呢。她一己承擔整個家的憤恨——更年輕的時候是不介意，行動便利的身體，清晰的眼睛，形狀正常的毛孔，怎麼非要某個孩子愛自己呢，然而當行動空間縮小，自然想世界向己身奔過來，而非讓壽命在狹小之中流逝。

現在她介意得很，認為這是不公平。

憤恨之後，又很想彌補，情願責任穿梭四十年。

所以她也努力地做家務，把應做的都做好，做到讓女兒和孫女知道她在這家的價值，然後愛她，在乎她，理解已達暮年的她的情感需求。

黃貞在用行動迂迴地索求。

年歲一直走。安安已長成少女模樣，對外婆尊敬，品學兼優，乖巧純良。

黃貞想，雖然安安疏離地和她相處，但總好過一個笑臉也沒有。多少青年到了十多歲，就不把老人放在眼裡，安安還算禮貌、知分寸識大體，已經比許多毛頭小子端正。慢慢地，不再苛求什麼深層次的情感，或許就這樣吧，以後這樣過下去，也是好的。

人老了就沒用，這不僅流於社會功能，她更深刻地感受到身體已經背棄了她。

痛症殊多，坐骨神經痛、高血壓、糖尿病，林林總總，定期覆診。每次拿著覆診紙在醫院輪候，目之所及，都是一張張垂落的臉，唉聲歎氣，像得了不治之症，誰知只是日漸衰老，同樣治不到。

醫生說，坐骨神經是人體最長的神經之一，從腰部延伸至下肢，所以，她便有從腰部延伸到腿部的劇烈疼痛。「你也有椎間盤突出，因腰椎與骶椎之間的神經受到結構性損傷或壓迫，才會那麼疼痛。」疼痛感會沿著神經線，伸至下肢。她感覺自己的足部麻木，腳趾再無法正常活動。

不過，又有什麼路可以走呢。

足部的麻木蔓延至全身，面部動起來時都像被密針狠狠地刺下，她慢慢失去表情。

她在無人的屋裡，突然想起一件往事。與梁先生結婚後，她就連續懷孕，大概要歸功於得天獨厚的生育能力。懷孕的時候，她很想吃冰糖葫蘆，最珍貴那款，透明的糖衣包裹士多啤梨，「喀拉」一聲就會把外圍瓦解，融化酸酸甜甜的清新。但梁先生不給她買：「這些零食對孩子不好！糖會影響小寶發育。」

「我只吃一支，沒有事的。」

「我買回來後，帶娣招娣全都看見，她們也會嚷著要買！」

「她們不會！平時她們想要什麼也不會出聲的。何況真的吵了，你也不會理她們，沒有所謂吧。」

總之梁先生拒絕，她慢慢地打消了念頭。

後來她不想再生育了，家裡已有一堆孩子，她好累，什麼都無法再應付，於是有天情緒暴發，指著梁先生怒吼：「我不要再大肚！家裡已有男孩！夠了！我受夠了不斷懷孕再不斷照顧新生兒！」

新生兒。只有她在陳舊人生不斷輪迴。

梁先先沒有理會，只是靜靜地看著她，爬上床，倒頭就睡。她其實寧願他態度惡劣地反駁、咒罵，總好過一腔怒火飄在空中無人接住，無人受波及，像無人憤怒過，煙消雲散。她卻不懂得怎樣把他從床上拿起來，扔出去，又不能吼叫下去，因為憤怒地表達自己的想法，已經耗盡她的精力，最後一分一毫。她就在床邊呆住，好像從此也不會動。

直到孩子哭泣，她如獲至寶，踏上下台階，趕忙出去看孩子，不知道是不是起衝突了，抑或餓了冷了渴了。她的身體像被解封，又能重新活動。

翌日，丈夫回家時，破天荒地帶來了幾支冰糖葫蘆：「忘了你說想要哪隻味，蜜棗、柑、番茄、士多啤梨，剩下的分給孩子。」

於是那一晚，二人行房，生下的孩子就是梁紅。

回過神來的時候，黃貞正得知安安進醫院的消息，啊，為什麼呢。

在病房裡，安安和護士說：「我沒有事，只燙到背上一點皮膚。不用照顧我的。」

「燒傷了，好好留院吧，你當是休息。」

安安睡在兒童病房裡，隔籬床是急性腸胃炎，剛住了一天，對面是作暈，留院觀察。這些進入醫院的理由太正常了，所以當其他病友問起，她也說是低血糖，來睡一下。

「醫院的飯好難吃喔，怎麼能休息好。」

「對啊，幸好媽媽會帶飯給我。」

「可以分我一點零食嗎？朱古力棒棒。」

「你們有看最新那套劇嗎？男主角超像從漫畫走出來的。」

「我有看！住院最大的不幸，就是不能第一時間追到最新那集。」

安安靜靜地聽她們說的話，女孩子們吱吱喳喳，讓她想起上學時，自己總是不夠膽主動融入人群，就算其他同學拉她到人群之中，一起聊天、吃吃地笑，她還是會選擇性地附和。她們都對某個話題心領神會耶，安安便會笨拙地瞇起眼，像要聚焦到別人的心裡，到底在對什麼感興趣。她想要融入大家，不在人群之中落單。被撇下一角的感覺太可怕了。

「你為什麼雖然笑，卻不開心呢？」

「沒有啊，我開心啊。」

「不，你笑得很假啊，有什麼心事嗎？」然後一群小朋友的目光圍了過來。

她不喜歡自己的倒及牙。小學二年級，看牙科保健時，牙醫已經告訴她的牙齒有點毛病，下排牙比上排牙突出，側面看下巴會比上顎前，長遠來看，發音或會不夠準確，所幸，只屬輕微。

她回去告訴母親，梁紅說：「有點影響樣子嗎？沒有關係的，樣子並不重要，一個人的內在美才更加值得被珍視。」

於是自那天起，心理作用下，她看見自己的下排牙越長越突出，嘴巴合起來時，能夠完全蓋住上排牙，下唇總是微微嘟著，像要到達哪裡似的。側面看時，極其不和諧。笑的時候，她絕不可像別的女孩那樣，張開嘴，露出雪白整齊的牙齒——上排牙縮得卑微，必須用刀子把嘴角向上詭異地劃開，才能看見牙齒，平常說話只能看見下排牙。她將自己掩蓋起來，即使說起笑話，大笑以後還是自覺地合上口，把笑意壓縮，就像她竭力把牙齒往後推移一樣。

在合照中，她的表情總是拘謹又局促，把嘴抿得緊緊的，下巴像是裝住她畢生的秘密，縫合得謹慎，差點已看不見紅唇。

自然讓人感覺虛偽，畢竟連笑也不夠盡興，她的忸怩全都放在臉上。

有時在洗手間，她聽到有同學說她壞話，不夠真誠，故作大方……她在廁格內等待腳步遠去，才緩緩地出來，洗了把臉，進入課室後還是微笑。

回家後，馬上哭著叫媽媽帶她箍牙，哪怕過程比一般人辛苦和漫長。媽媽說：「你的樣子已足夠了。」打發她去做功課。至今也不知，隱藏在「足夠」之後的字詞是什麼。

「我慣了這樣笑而已。」她對著其他青少年，回答。

安安那樣討厭自己的樣子。

疫情的最大後遺症，不是病毒，不是社交退縮，而是口罩牢牢地焊在臉上，盡可能地掩蓋外貌。誰都說青春期的女子散發著活力光芒，沒有醜怪的，怎樣看也能發現新的美麗，然而她最討厭自己的臉，一堆互不相識的毛孔，一塊灰白的臉皮。

是因為疫情才得到戴口罩的習慣嗎？只是那段時間戴上口罩，她才能相信，自己能以外貌社交，別人不會再在她的臉上遊走。她終於在隱匿之中自由，自此就沉迷。

年紀輕輕，她鼻上的毛孔已大得驚人，那是一個個坑洞，可以填入稻米、水管、路牌，唯獨不是完好的皮膚。她是混合油性皮膚，鼻子的油脂分泌太多，毛孔堵塞而越變越大之外，小學的時候已有黑頭、粉刺等問題。那時，她喜歡把粉刺擠出來的感覺，母親卻叫她莫要打扮。為了變得漂亮、擁有掌控權，擠出痘痘就成為她護理自己的途徑。但是她事後又沒做好肌膚保養，只讓皮膚受傷，導致毛孔變大，最終形成疤痕型毛孔，大大小小的凹洞在發酵。

所以她選擇用口罩把臉上的崎嶇遮起來，所有人也只能看見眉眼。所謂的靈魂之窗，她不知道眼睛訴說了什麼，只知道，她能夠不訴說什麼。

她回憶起第一次在交友應用程式認識男生的經過。

當時，學校裡有些同學也拍拖，十三歲，誰和誰的曖昧緋聞傳得沸沸揚揚，你沒有心上人？是不承認而已吧。沒有人和你告白嗎？那你快點主動喜歡人吧。其實也不是很多人如此，只是聽在她耳中，竟成為話語的全部。

安安想像，母親說的那些男生——洪水猛獸般，靠近就會變得不幸，萬萬不可動心，世上絕對沒有好人會向她示好——其實是不是沒有那麼壞，否則何以同學們都憧憬戀愛。

更早熟的同學說，在交友應用程式識到男朋友，不用去和幼稚的同學糾纏，直接約會「哥哥」。

她喜歡長相斯文、高高瘦瘦的男人，最好穿襯衣，一副君子作派。第一位是地政署職員，三十三歲。當她拍攝自己的胸圍照片時，感覺到下身有異樣，像有泡沫不斷膨脹、湧動，把她整個人也包圍起來。後來她知道這是陰蒂腫脹的表現，常見於性刺激。

他說：「真美麗，你好可愛。」

於是二人外出，他帶她上酒店。她以為這是愛，再不濟也是喜歡。

安安喜歡那些人忘情的樣子，像她的肉體美好得能令人不能自控的高潮，他們面容扭曲地說「就到了就到了」，射精之後則眼神空洞，呆滯地攤倒。此時她知道，陰道能掌控男人，至少可以吸取他們的靈魂。

即使不能為己所用。

不過在這之後，她就聰慧地發現這與愛無關，只不過是快感的遊戲。地政署職員甚少回覆訊息，除非她請求交歡。

她哭了好久、好久，細細聲，成了在深夜的被窩裡悲鳴的獸，然後第二天，她浮腫地起床，看看鏡，把口罩戴上。她接受了這一切。

然後好想念在床上被索取的感受，尤其是，這代表了背叛母親的教導。

第二位是教師，第三位是律所職員，第四位是救護員，陸續牽過她的手，再融化在酒店房裡。她愛他們人皮面具底下最原始的欲望，通通都向她發洩出來。這何嘗不是一種真誠。

「你很漂亮喔，後生女的皮膚就是滑溜。」

「你很有魅力，整個人也散發著光芒。」

「我喜歡被你緊緊地包裹，這會是我們的秘密。」

他們看著她顫抖的臉，說了一聲又一聲。她質疑他們看不清皮肉上的瑕疵，所以統一口徑：「那些不重要，重要的是整體，你有看過電影《怦然心動》嗎？」勸勉她別介意，快感當前，什麼都不重要了。

本來，她想大聲抗議，那套電影不是讓你們這些成年人來誘導女孩做愛的！卻難以言語，因耳邊的酥麻是真實。

因此她沉迷。

她知道是假的。只要出了酒店房間，那些有點社會地位的大人，根本不會當她是女朋友。她只是他們收拾過諸多皮肉緊緻的洋娃娃之一，僅此而已。可如果未曾踏入這裡，她連成為一隻能令人憐惜的公仔的資格都沒有。

第五位、第六位、第七位，她沒有問他們的工作，但是他們愛主動提起。

最終被揭發，不過是因為工程師初嘗性虐，誤把日常用蠟燭倒在她的背上。

不然不會被發現的。

她做得小心，絕對沒有去夜街，偶然說約了同學做專題報告，也會在恰當的時段回家。在屋裡，當住母親和婆婆面前，她只會溫習、做功課——即使只得她一人在房間，也不會為了幾個訊息而輾轉反側。她早就過了因情話而害羞的青澀，跳過了你猜我估的朦朧，直接清晰地把裸體都呈現。

回過神來，隔籬床新來了一個女生，十三歲，包紮手腕，據說是鎅手鎅得太深。

「我故意的，不是為了尋死，只是不想再留在家裡了。醫院也有醫院的好，陌生就當是新鮮，還可認識新的人。」

女生比安安想像之中活潑開朗，哪怕總是笑不到眼底。

警方說以「與未成年少女發生性行為」來控告工程師、教師、律所職員、消防員，替她仔仔細細地驗傷。她對醫生說，我是自願的，我是自願得到他們虛假的關心和溫柔，這是一種自我救贖的方法。醫生回應，你還小，被他們操控和洗腦，這其實不是你的選擇，那些人都犯法了，要接受法律的制裁。

安安呆住。

所以她連自主得到關心的行為，也經他人操控、主宰，在狹縫中承受過的所有生理快感，全都與她的個人意志無關嗎？她這樣想著，在事發後首次流下眼淚，一發不可收拾，發出動物的低啞悲鳴聲。

所以她的渴望，在世人眼中都是受害，她永遠要站在一個蒙受損失的弱者角度。

所以她連替自己爭取一點關愛的權利也要被無視。

將以上想法告訴醫院轉介的臨床心理學家後，安安被診斷確診精神病。

母親梁紅把她嚴格地看管。

夜裡，梁紅細聲地，在安安似乎睡著後問：「為什麼呢？我對你有什麼不好嗎？已經叮嚀你男人不是什麼好東西，你竟然捅了這麼大單事。」

可是當發現安安真的睡著，她就會在旁丟東西，想女兒能接收她的憤怒。

「我已經是一個盡己所能的媽媽。」母親也悲鳴。

你為什麼要睡著，你快點醒來，看我的崩潰。

安安一直都睡不著，沒人逼她服用安眠藥，所以她也沒有主動吃。每晚，她都知道母親會進入房間，說一堆似懺悔又憤恨的話，只得緊緊地閉眼，到母親離開，她又重新睜開眼睛，看著天花，也來懺悔與憤恨。

從來，她知道痛苦是比較出來的，也許沒經歷過什麼很不幸的事吧，家裡只是少了爸爸，好多同學也同樣；平平實實地過下去，哪怕母親有點「控制狂」，只要她稍稍忍受，如常上學，完成好一次次的測考，成為一個理想的女兒，又有什麼好痛苦的。

可是她還是脆弱。

在那些已經完成要做的事的夜，黑暗打破房間裡的光，把她蠶食掉，從此消失，或者被一些什麼人看見吧。最後她選了後者。

她愛母親，知道母親一直以來辛苦照顧她，經過多少苦悶日子，還是忍得住漫長育兒路，鉅細靡遺地把孩子養大。

在梁紅眼中，安安是在佯裝變好，但她沒有拆穿，因為也說不出什麼理據。

安安如常上學，神色淡淡地出門口，說今天會幾點回來，要去什麼補習班、興趣班。梁紅特意在樓下電腦舖，買了一部諾基亞按鍵型電話給安安，你記得我的電話吧？安安輸入電話號碼，儲存「媽咪」。神色淡淡地接受自己沒有智能電話用。

我怕你分心。梁安說。

從此，安安就沒有再使用社交媒體，Instagram、Threads 上的趣聞都遷出她的生活，班群的消息也進了隔離區，她只有平順的日程，恰如其分的出門和回家，不必知道其他更多。

你要知道，無論如何，媽媽也會支持你和愛你。梁紅每朝送安安出門上學時，也會說。

安安點頭，神色淡淡。

就像所有人都欠了你，一副死臉。在安安出門後，梁紅都會用力向地下砸些東西，但會挑選不易碎裂的。

這時，黃貞就會出來，把倒在地上的東西拾起，放回原位：「一大清早，吵什麼。」

幾乎是一個開關，引爆梁紅：「她為什麼看不見我的付出呢？做壞事之前沒有想過我會傷心的嗎？出了事，我也沒有怎樣怪她吧，為什麼總是一副生無可戀的樣子？喂，好似全世界她最委屈，明明是自己亂搞，卻弄得像別人虧欠了她。我也很委屈好嗎？這些年來當她是手心瑰寶，補習班報名師，芭蕾鞋貴到不行，她要學的我都賺錢給她使。現在她出事，我也很難過啊，我有終日黑口黑面嗎？真晦氣。」

假如母親不在家，或許梁紅不會大吵大鬧的，她快速揣測自己。她已經在母親這身分上失權，所以忽然想回歸做女兒。

「唉，安安又沒有什麼反應，只是沒有表情，你連這樣也嬲，真難服侍。」

「不是的，她這樣就是在扭計，要是沒有不滿，她不會什麼都不提出。」

就像，安安的頭髮開始長，就被梁紅帶去剪短，還是沒有說，媽媽，我想試試留長髮。

就像，天氣轉季越來越乾燥，安安還是沒有說，媽媽，我要買滋潤型的護膚品。

安安乖巧順從，但並非木訥，她有自己的想法，常暗暗地改變些什麼，只是會被梁紅駁回——不可以留長髮，難以打理，又會吸引異性，不要把心思放在這裡。

安安一直都是一頭短髮，但是每次都會問可否留長髮。

只是請求，但也會一聲不吭把頭髮剪去。她如此恰如其分。

「你求仁得仁。現在安安是你理想女子模樣，你說怎樣就怎樣，又不滿意了？」

「什麼都由得她去，怕她認為我完全不關心、不管束，不負責任。」梁紅盯著黃貞，久久不移開目光。

「你都有病！安安都被你搞到病，現在要食藥！」黃貞入房。

呵，梁紅一直想報復母親，然後證明，她這樣做母親才是對的。

不過，安安的情況還是令她憂心。

有天走在街上，被大學生攔截，說是請求幫忙畢業專題研習，題目是宗教和信仰，做一些街頭問卷。大學生是長髮女生，笑眼彎彎，看起來溫柔極了，彷彿能夠包納世上所有。最後，女生說，有什麼難題也可以交付主，祂可以幫助你度過難關，主能見證一切的發生。

人世的苦痛對於普通平凡的人類而言是無能為力的，安安的病對於梁紅來說是束手無策的，抑鬱、焦慮，一堆虛無的病名，血清素似乎無法讓安安好起來，哪怕誰都說這已是最有效的藥。

「除祂以外，別無拯救，因為在天下人間，沒有賜下別的名，我們可以靠著得救。」

（以徒行傳 4:12）

聽到大學生的話，梁紅瞬間被救贖，找到方向，她要信仰主。

她變得虔誠，每周也返教會，偶然奉獻，金額與一堂補習班相若。如果那天暴躁，她就會祈禱，尋求心的平靜。

以前她覺得信主的人全都是傻瓜，沒有科學根據，莫名其妙地信任一個存在，幾乎要改變世界觀。現在她不這樣認為，原來人真的要找一些東西去信和愛，才沒有那麼害怕，至少天主與人同在。

「你們得救是「本乎恩」，也「因著信」，這並不是出於自己，乃是神所賜的，也不是出於行為，免得有人自誇。」（以弗所書 2:8-9）

梁紅首次勇敢地承認自己的軟弱，多年來發生了什麼，也未曾與人道，因為一生要強，不想讓人知道原來亦有面對不到的事。可是某天，她出席教會崇拜，在黃昏聚會下，在一個個溫暖的眼神之下，她淚流滿面，把生平都道了遍，大家族的離散、父的早逝母的忽視、丈夫的出軌、在美容院做經理的上位史、女兒的反叛……因講了出來，她的身體變得輕盈，安全，堅韌。

在場的弟兄姊妹都與她一同祈禱，親愛的天父，願你保祐梁紅一家……

「謝謝！我信主真的不是為了得永生、上天堂，我不知道死後的世界，但至少現在並不恐懼。我只是想在混亂的生活裡，尋找安心，讓我們家可以繼續走下去。」

教會的人都很好，真的想導人向善。

梁紅努力學習，所以，她在日間情緒漸漸平穩起來，晚上看見入睡的安安，心卻冒上無名火，向上天祈禱：

「親愛的天父。」

沒有一個人真的想了解她的想法。安安認為。

後尾她如常上課，卻長了許多暗瘡，其中一顆在鼻中心，從她粗大的毛孔中長出來。她告訴自己，不要再亂擠了，不然又會留下疤痕！暗瘡越長越大，港幣一角那般，又立體得像初熟的蜜桃，只有小小的白色一點，像是暗地潛伏什麼，它還未熟透，遠遠地，唯有等待。

每朝起床，視線從只看見鼻尖，到開始被鼻頭上的紅吸引，看著它屹立於山丘上，像要做什麼雄圖偉業。

它越來越深厚、濃郁、廣大，十分矚目。安安焦灼，想戴口罩，卻怕把臉給焗爛，於是也常在去洗手間時洗臉，抹乾淨自己。

在流言之間。

你有沒有聽說隔籬班的安安好像不停和人做愛，欸這麼大膽好壞喔，看不出來耶，她可能也很慘吧應該精神不太正常。在流言之中。她和那些同學對視，再戴回口罩。你看她的臉，那顆大暗瘡，好噁心喔。噓，小聲一點，被聽見又瞪你呢。

在流言之後。

那種暗瘡還是未熟透，白色的膿有一部分變得透明，她不知道是為什麼，經已規矩，壓抑自己想擠爆它的衝動，一天一天地養育，直至它真的完熟。然而它不聽話。

測驗考試還是會來，學校愛在黑板右上角倒數：二十天後便考試，十天、五天，變更的數字沒有消散，而是更加洶湧。那個位置的粉筆屑不斷疊加。她覺得好矛盾，其實自己並不喜歡在學校唸書。即使喜歡到圖書館看小說，浸泡到他人的人生中，但是她又會好好地溫習、聽課，因為也想做一個得體的人，活在陽光下。

那些不夠美好的部分，不要讓人發現就好。

有一晚，梁紅再次走進她房間，向主懺悔，聲音忽大忽小地叩問上天。

母親沒有信仰，安安肯定，這堅強獨立的中年婦女，多少年來獨自走過一段又一段路，不必把信心外判神明——除非真的迷失，無助時總要找東西寄託，尚有集體力量支持。母親突然有了信仰，這令安安流淚，劃過鼻梁，再流入另一隻眼裡。

那夜安安失眠，完全無法入睡，眼周的皮膚因流淌過眼淚而更加乾燥，她眨眨眼，又看見鼻頭上的暗瘡，於是起身，開了書桌上的枱燈，照亮了文具、書本、補充練習、上課時間表、擦子膠碎。

光照亮了她憔悴的臉。

她眼神空洞，直接擠著鼻頭，白色的膿從皮中爆破，碎裂於鏡中，形成疏離的白點。她再用力，又有一點混著血的膿飆出來，而後，止不住的血不斷流，從鼻子到海鷗線，再到人中，上唇。她舔了舔，乖張狂妄地笑，卻又保持安靜，抿起唇來，血劃過嘴巴，在下巴停留。

抹了兩下，還是無法止血，那成為了一個無法癒合的大洞，細胞在拯救她。

她倒下，睡覺，夢見自己被大暗瘡包圍，被血水淹沒，遊到油膩的毛孔中，渾身是紅，多麼喜慶。

# 雙胞胎

所謂正常與否，
到底是怎樣區分呢，
在狹隘的社會標準之中，
無非是多數人與只會受到批判質疑的邊緣個體。

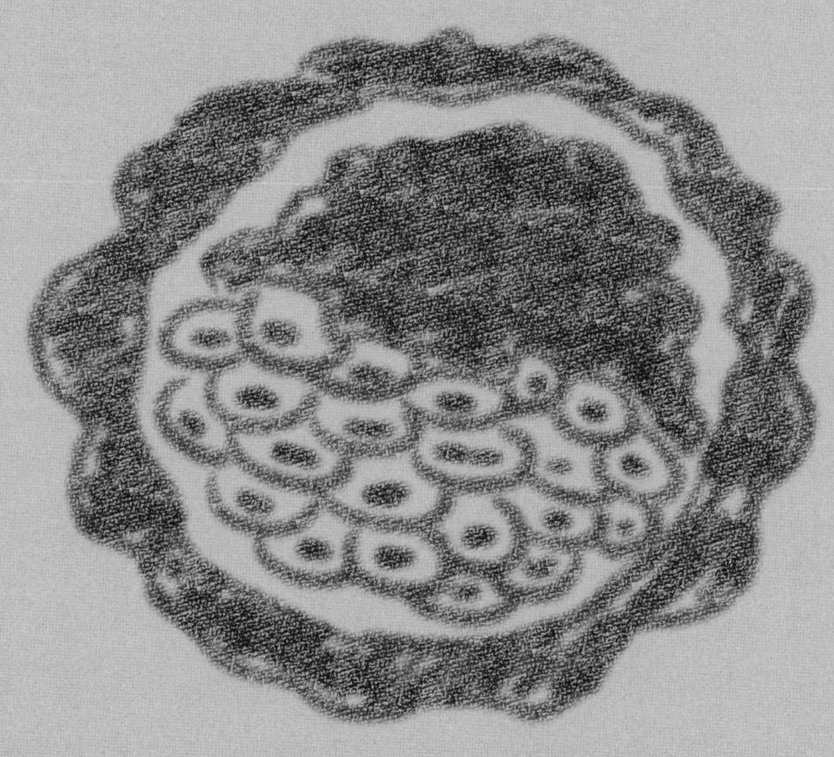

湘湘接家姐出獄，回家後，用腳跨過火盆，又叫她用碌柚葉沖一次全身。都四十幾歲人，再遇上厄運，到時就不得了。有些事年輕時可以遭遇，當是人生必有的衝擊，但年紀大一點，則是毀滅性的打擊。

嘴上卻忍不住說：「你下次不要咁蠢。」

「我兒子呢？」

「小侄兒還未放學，他在補習班。」

「噢。」

「你收拾一下，我們出去吃個飯。我老公夜點會回家。」

一件事情被定性為犯法之前，本身並不觸及法例，譬如偷竊，在被斷正之前只是「順手牽羊」，如此溫文的語言，所以犯法的源頭在於「被發現」——湘湘這樣念叨家姐：

「你記得，不要人家問什麼，你就答什麼。明明這麼多年都沒有事，竟然衰自爆。」

假結婚在香港判監一年，減除假期，共坐牢八個月。

家姐在二零一零年間和一個男人假結婚，賺取十萬元，之後十餘年間相安無事，直到她前排撞車，腳無法久站，打算申請津貼，別人循例問她有沒有犯過法，她一衝動就說起與人假結婚。恰巧沒有遇見假裝聽不見的職員，結果就要坐監。

湘湘以前聽說過，有人拿了綜援之後，突然向政府說父親逝世留了一幢物業給他，結果就被停止批發。但是那個人其實並沒有繼承權，後來要證明自己沒有物業，重新申請綜援則麻煩得多。

「我不覺得是什麼大事！因為我根本沒有花到那十萬元！」

「這樣就更不甘心，憑什麼錢你無使到，監就坐一年，好無辜。」

「唉。可能是整定。」

湘湘知道家姐可憐，卻難以完完全全同情她，因此語調難掩揶揄；除了覺得她愚蠢，還因為過往二、三十年都在妒忌家姐，現在家姐過得潦倒，猶如在嘲笑：你多少年來的心思沒有意義，你連過得如此差的人也比不上，垃圾，廢物，你永遠取代不了家姐。她其實是覺得自己愚蠢。

自家姐離開了家，故事就又長又臭——

二十歲時生下兒子，之後和丈夫感情破裂。因為經濟收入相差太大，加上早前曾忍不住家暴，兒子判給了前夫，但仍有探訪權。在那之後，她和前夫終於能夠平心靜氣坐下來聊天，二人共同的身分是父母，都想兒子好。

兒子與家姐親近，也聽教聽話。不過自從前夫再婚，家姐就少了探兒子，除非收到電話：「我搞不掂他，他不肯做功課，學校老師又打來說他和人吵架。你以前打他是應該，我不該報警。」

小朋友是一種不講道理的生物，怎麼讓他們聽話起來？家姐認為自己才是弱者，小孩吵鬧，人人都指著阿媽鼻子罵管教不善，但她有什麼辦法？只能用體型優勢和成年人的暴力威嚇孩子，讓他貼服。當方法奏效，才會重複使用，這分明是一種友善的互動，為了所有人好。

後來家姐也交了新男友。

男友勸她，和人假結婚吧，一下子就拿十萬元，輕鬆錢，而且沒有人會查得到。假以時日，就以與對方分居兩年為由，申請離婚。

假結婚後，她得到十萬，交給男友，多隔一個月，男友消失，她又獨自一人。算了吧，她說服自己，婚結了也可以離，又不是沒有經驗，早就看穿這些事就是如此發生，很是自然。她對於消失了的十萬元掉以輕心，因為本來就不是她的，只當他偷取別人的錢，連蝕本的感覺也沒有。

那些年來，她也有嘗試結識新的男人，但是無果，他們總在她身上騙走些什麼，最誇張也最低賤的那位，分手時把她家的花生油、牙膏取走。錢永遠不流向她，卻學不精，以為真心可以換真心——恍神間，覺得這種想法可笑，因年少時也鮮見。

看來那些以真誠結婚的人們，是世界的少數。

總之，她已經成為一個常為兒子煲湯的母親，卻發現他在沒有讀書之後選擇地盤工，賺很多錢，一個月六萬也不在話下。可是她心痛他要日曬雨淋，然後內疚：如果我有加緊教兒子，讓他讀書做白領，便不會這麼辛苦。

兒子說：「我喜歡現在的生活，大把人讀到書，但畢業出來也辛苦，人工得雞膆咁多。」

她不認同：「體力勞動是實際出力。」

兒子說：「但我人工是他們幾倍，有隨便休息停下來的自由。」

湘湘聽了這一段話後說：「你仔有他的智慧，無論是不是這樣想，講出來也是不想你愧疚，你便順他的意，別再嘮嘮叨叨。」

家姐悲痛：該煨囉。總在狹小的劏房之中垂淚，只有貓陪伴。

這時，貓懶洋洋地行出來，盯著家姐，像是說：你終於肯死返嚟啦咩。

家姐又落淚。

已經很多年，她沒有與湘湘聯絡。二人根本不是什麼好姊妹，對於家姐的不幸，湘湘因身處平順的婚姻無法共情，平常生活接觸到的人也來自兩個時空，二人的階級慢慢差得遠。就算約出來見面，連在什麼餐廳食飯也要思前想後，湘湘還未打開電話，已經諸多內心戲：這樣會不會委屈她？如果我請她食飯會傷到她自尊嗎？諸如此類。

一年前，二人之所以難得約出來，就是因為家姐要坐監，而湘湘替其照顧另一個兒子。

湘湘回想起為什麼家姐要離家，又為何對於她又愛又恨。

你真是一個不負責任的人，她在心裡暗罵。

以至她重新見到家姐時，便認為對方是另一個人——她的臉上，已經再無絲毫機敏靈巧，不復以往聰明。

過分揮霍上天賞賜的禮物，時日便會把它沒收。

二人是雙胞胎——但長得比一般雙胞胎不像，基本上，別人要以疤痕、痣這些比較明顯的東西，才能辨別二人，但湘湘和家姐不是如此，眼睛分別是內雙與外雙，膚色較暗與較明，唇薄與唇厚，一眼就看得出是兩個不同的人，所以不會出現把人調換了仍認不出的電影情節。

要更殘忍地說，家姐比湘湘漂亮。

小時候，親戚到家中來，便會誇家姐「真美麗／可愛」，面對湘湘則似有還無地說：「越長越高了。」最好的誇獎大概是說她身體強壯，面色紅潤。

假如她們不是雙胞胎，也許湘湘不會羞愧。但年紀輕輕的她只覺被送到展覽，所有人都看見，她永遠只能屈居於旁邊那份作品之下。

偏偏二人從小到大又在同一間學校，甚至同一班上課，聽說是老師通知家長起來比較方便。

其他雙胞胎的煩惱，或者是常被錯認，沒有獨特感，被他人不經意的叫錯名字而默默傷心；湘湘則恨為什麼同學們早就能精準分辨姊妹二人，還愛一次又一次地證明自己的機靈——比較美的那個就是家姐囉！精準得教人傷心，卻無法反駁，如果說「才

不是呢我哪有比家姐醜啊」，必會引來嘲諷，屆時更難堪，倒不如在此處微笑，應對過去。

她恨家姐在聽見這評價時，永遠雲淡風輕地微笑。

湘湘知道，自己的微笑是努力控制表情不至於太過扭曲，年深月久才修練成得體。但家姐的微笑就像是告訴所有人：我在比較之中獲勝是應得的喔，因為我天生就是比妹妹優秀，就算你們在我面前嘲笑她，我也只會像一個看戲的人，我都習慣了呢。

謝謝你們，真客觀。家姐也得體得像天生的明星。

與家姐站在一起，湘湘永遠是配角，光是笑容之中有沒有討好的意味，二人的表情截然不同。也許清晰分辨她們的，其實並不是五官，而是神情，但是這都是基因惹的禍，一個人不會無緣無故自卑成癮。

所以湘湘常常想在其他方面打敗家姐，譬如更加乖巧，成績好，人緣佳。一開頭，二人也勢均力敵，後來湘湘就慢慢追上來，成為了更優秀的存在。

諸如中文科，本來家姐在寫作卷上總拿全級第一，題目多為「看圖寫故事」，頭三格是情景，第四格是「？」，供學生發揮。家姐的書寫常出人意表又十分合理，人人都說這實在不是小學生的表現。可是後來家姐越見頹勢，平鋪直敘地說一個不過不失的結局，不再給人驚喜，老師便說也許有些人的靈氣來得早，走得快。於是，之前沒有家姐寫得出色、但也有點出彩的湘湘，就成為了全級第一。親戚們依然說家姐漂亮，但會說湘湘聰明——總比「又長高了」強一點。

因此家姐說過最怨毒的話是：

「這麼多年以來，我都是讓你的。」

哪怕眼神之中充滿討好，那種在微笑之中未曾流露過的討好，後半句是「你見在我其實也錫你呢個阿妹，今次做個好心吧。」

愛情不能努力得來，這句話幾乎是湘湘的詛咒。

中學時，湘湘喜歡一個男生，彷彿他擁有世間所有美好特質。忘了具體在哪一刻，只是某天，在走廊上看見他，世界突然停頓，只有他的腳步徐徐走來，臉上帶著笑，微微點頭。在他掠過、往她身上走，一切才回復正常，她的心跳才繼續怦怦怦怦。

之後見他，還是會有心跳漏了一拍的感覺。

他身上有淡淡的洗衣粉味，常在課室掠過她，挽起手袖，露出骨節分明的前臂，左手則反手叉腰，筆直地站立，到黑板前寫下今天家課，彷彿天塌下來也不會令他折腰。髮是黑色順毛，永遠清爽，就算在運動堂間被汗打濕，汗珠滑落下巴，滴下來，始終沒有讓他變得黏膩狼狽。

笑起來就像好天氣。

不笑的時候，就像飄零的雲，把她籠罩。

即使湘湘坐在前排，還是愛假裝和後桌聊天，乘機偷看他；有時將工作紙往後傳，還故意不撒手，為的就是扭頭的時間更長。

真好啊。她曾祈求過拜託過，他一定要性格不好、怪癖殊多，最好會隨地吐痰、亂拋垃圾。通通沒有。他還會餵學校後山的貓咪、替欲過馬路的老婆婆扶手推車。一切的一切，都使她心癢癢，漸漸沉迷起他這個人，學校放假，她當然開心，心頭卻總有牽掛，教她的歡喜全都意猶未盡。

見不到會想念，見得到也想念。

青春少女應該是熱情主動，若有無愧的心意，就落落大方地展示。可惜，她不是，這是什麼缺陷嗎？

她只能用迂迴的方式引起他注意。

譬如，發現他有儲存擦子膠碎的怪癖，於是她也在課堂之後，故作無聊地搓出一條條擦膠碎，堆成小雪人。譬如，得知他喜歡看某套動漫，卻因手氣太差，無法抽中心儀角色的扭蛋，於是她反反覆覆地抽，第二天掛在書包上，不動聲息引起他注意。當他說要交換時，她還故作遲疑：「我扭咗好耐㗎……」譬如，發現他喜歡高馬尾的女生，她便沒有再紮過低馬尾，又怕過分沒有特色，於是明知道他不喜歡沉鬱的灰，偏愛配搭一整身的灰衣服，模仿雲霧。

外頭下起大雨時，她錯覺這是愛意過分濃重隱晦，連天也忍不住。

有天，她獨自留在學校吃飯，他過來搭枱：「咦，你都識得用左手吃飯。」

「無聊有練過，但平時寫字用右手。」

她曾經看過他的作文，知道他因為常年打羽毛球而感到右手負擔太大，吃飯時改用左手分擔，苦練半個月，先用匙羹，再用叉，交換持刀叉的手，最後學用筷子。

「真巧合，我也是。」他這樣說，就一直吃飯，和她閒聊。

不是巧合呢，我知道你這樣才跟著做。她沒有講出口，怕自己像所有喜歡他的女生一樣。她害怕，那些悲壯故事的女主，多數愛得失去自我，生活方方面面全都沒有方向。但她不可以這樣盲目。她注定不夠吸引，至少沒有花季少女的率性，總是心事重重。

可是，即使如此，她還是很想靠近。

「原來和你投契。你不是我印象中嚴肅。」他這樣講。

「搞錯，我不知幾親和。」還是不小心流露嬌俏。

很快，男生就問：「你家姐是怎樣的人？」

湘湘錯愕：「我以為大家認識她，比認識我更多，不需要問我。」

「是吧？」男生首次露出落寞神情：「她對所有人都一樣，我想認識更多。你是她妹妹，應該很清楚。」

於是湘湘的暗戀結束。

因著想與男生接觸，她也做情報專員，想像過也許多加接觸，他會發現她身上含蓄的美，例如堅強與隱忍。然而並沒有，男生向家姐表白失敗後，轉換的新對象是隔籬班的女孩，在不夠一個月之內。

呵，家姐比她聰明——湘湘第一次屈服。

這小插曲成了她的自我提記，若與家姐身在同一個地方，她根本就沒有任何被男子看見的可能。家姐比較燦爛，而她總像還未盛放就已經枯萎的樣子，所以整個初中，她都沒有再妄想愛情。

升中四之前，家姐問她選修什麼科目，是文科嗎，湘湘想過無限可能，為了擺脫和家姐綁在一起的局面，她寧願騙家姐，讓二人選不到一樣去。但最後還是點點頭。

出乎意料，家姐選了並不擅長的理科，「隨便啦，我不想讀書，早點結婚就好。」

當年還是會考年代，競爭激烈，完成高中兩年又要考個試，幸運的話再有個高考，才能揀選預科，學額實在太少，所以才不斷進行篩選。

湘湘沒有機會和家姐真正決一高下，會考十七分，原校升讀中六，之後又考高考；而家姐只有十分，沒有選擇重讀中五。

之後，家姐住進男友的家。

「喂，你回家啦，爸媽想念你，你不要無啦啦住去出面，男人不要你就弊。」湘湘說。

「不要，我不想回來。」家姐搖頭。

「為什麼呢？爸媽自小對你也不錯。」

「我不喜歡我們家那樣溫馨。我寧願家中四分五裂，艱難度日，咬老綜、照顧生病老人，有個精神病的妹妹。偏偏你好得太過分。」

「你說什麼？」

「我不是正常人。」

湘湘發現，家姐絢爛的外表是屍體展覽——她找不到什麼適切的比喻，隔著剔透的玻璃，若然打破，就會有一股腐臭味撲鼻而來。

喬很早以前已經知道自己是一個有缺陷的人。

譬如，同學們會羨慕她出身於美滿和睦的家庭，她卻暗罵：為什麼父母已生了兩個女兒，也不把二人的名字改成帶娣、招娣、來娣之類？為什麼對她們都很好，而不是重男輕女？她那樣愛看古代劇集，代入被欺負的女主角，沉迷困苦的情節。

父母不強迫她們讀書讀到幾多分、幾多名，只是說快樂就好。一星期一天的家庭聚會，現在已經沉沒的珍寶海鮮舫，如果早在三十年前沉沒，她會笑得很大聲。

對於她與妹妹，更是一視同仁，即使二人是雙胞胎，一直在同一個班級，也沒有絲毫比較。哪怕老師都會在家長日時不經意地說：「家姐比較——而細妹比較——」這是人性，但父母尊重她們的強弱處，任由發展。

喬不喜社交，即使同學之間自然而然地就會熟絡，隔籬位愛撩她聊天，小息也拉著她到小賣部買東西，水一起斟，尿一同屙，她還是與人疏離，異常沉默。老師曾經委婉地對母親說，喬似乎有點自閉，很沉靜。當時，母親帥氣地反駁：「我的女兒來學習，不是做開籠雀的，不是非得要吱吱喳喳才正常，她只是文靜而已。」

這番話當時贏得同學之間的滿堂喝采，「你媽媽超酷」，反抗老師就是反抗權威，「你媽媽好挺你，要是我媽一定會拉我道歉」，還如此支持女兒，「我也很想加入你們家喔」，此後，圍在喬身邊的人就更多了。

她深刻地發現，原來自己很不喜歡媽媽。她希望媽媽當時拉著她道歉，把頭垂得低低的，回家後還賞賜兩巴掌，第二天臉上留有紅手印。

相比起受人羨慕，她更愛被當成弱者，受人同情與可憐——心跳得好快，她知道自己不正常了——興奮又害怕。

所謂正常與否，到底是怎樣區分呢，在狹隘的社會標準之中，無非是多數人與只會受到批判質疑的邊緣個體——甚至難以主動曝光，尋找彼此。

當然不是家人的錯，他們的教育方式應該養育出心智健全的孩子，而她只是天生殘缺。

小時候的喬並沒有做什麼，總之都朝著大人說好的方向去。

她很喜歡妹妹。

這個美滿的家裡，連姊妹也心連心，喬知道妹妹自卑，或者，總在暗暗與她較勁，總想在什麼方面贏過她，或是至少追平。

她無意又蓄意地餵養妹妹的自卑，起初只是因為長相常被比較，她察覺到太過直觀的讚美，對於沒有討到好的孩子而言，是一種貶抑。妹妹因此時時縮起膊頭，嘗試把身體隱沒，如煙如霧，喬愛這個形態的妹妹。

小朋友階段，她以為遙遙領先妹妹，就能夠令人低到塵埃，可是她漸漸認識到絕望必須先經希望，一種付出努力後願得到成果的盼頭，於是她又愛放水。妹妹從不敢相信、誠惶誠恐，到似是接受，提心吊膽努力維持自己的位置，這一個過程對於喬來說精彩至極，沉悶平凡得美好的生活，需要這種隱晦的心思調劑。

可是妹妹越長大越「正常」，也許是家庭教育過於成功，個人付出的努力也漸漸得到回報。妹妹縱有怯弱的部分，但在人前安好，慢慢自信大方起來，已經懂得掩飾不甘不平的部分。

喬感到無聊，她清楚人生再走下去，沒有快樂的可能。

於是她才踏上令人費解的一步，不再唸書，當然也因為鬆散了太久，覺得不用努力的生活真輕鬆，更難以回到往昔。以前，她看到初中時品學兼優的師姐突然變了一個人，與一群把頭髮染到鬼五馬六的嘰仔站在一起，在校門抽煙、飲酒，百思不得其解。後來她有點明白，或者是美好的東西讓人嘔心。

她以為自己喜歡壞的人，酷酷的，吞雲吐霧，有紋身——一堆刻板印象，可是浮於表面的才能展示於眾。

可是她愛的是慘情故事。

那些由父母家暴、吸毒、賭博而飼養出身心扭曲的男子，她一見到他們沉鬱的神情便心醉，然後自卑起來，美滿的家庭簡直是人生一大污點。身邊人多數歎息家家有本難唸的經，圍坐一起數算不幸時，只得她啞口無言——難道要說我最不滿的就是父母對我太好了，沒有歷練？這也太欠打。因此她無論如何，也覺得自己不合群，因此才與人互相疏遠，不是高傲，而是自卑。

她也試過撒謊，在初識的同學面前投訴一下父母，可是，妹妹老跟她同班，謊言過分容易流傳，然後被識破。只要留在規整的校園，她就無法發揮想像力。

十六歲的時候，喬愛上一個母親是精神分裂症患者的男孩。男孩常在夜晚聽見母親低吟：殺你全家！然後在家裡四處走，明明家裡甚至沒有一度完好的門。母親又會

把他搖醒，小心，隔籬屋又搞我們，控制我們家的電流，把老鼠放入窗邊咬爛我們的傢俬。房屋署已多次派過人上來，社工也申請換掉家電，雪櫃已轉了兩個，但母親還是一遍又一遍地重複：仔，別睡了，隔籬又害我們。母親已經不再覆診逾兩年，認為醫院也被鄰居控制，同樣是壞人，結果精神分裂的症狀更嚴重。

「鄰居歧視我們是單親家庭，睇死我們不能靠自己！」所以男孩的家連綜援也沒有申請。「我見過媽媽正常的樣子，不知為何她突然又這樣，每日每夜。」

男孩瘦弱，身上沒有疤痕，只是吃不飽睡不好。

喬第一次聽見他的故事時，便著迷起來，哇，好慘情，而且神秘感十足，誰能抗拒一個內心傷痕滿滿卻愛故作堅強的男孩，以前也對精神分裂症沒有概念，因此勾起了她的好奇。

「不如我們一起逃離，我也討厭我的家。」

「謝謝你理解我，還怕你疏遠。」

與男孩一同離家出走的時間，喬清楚感覺到自己是他的救贖，像黑夜裡微弱的光，能照亮整片清晨。二人一同生活，平平凡凡，送外賣、執倉、做後廚，被老闆罵、被同事講是非、被客人無禮對待，扭傷腳、摔破手、餓壞肚。她很開心，這是很久以前便想像的苦日子，尤其是她主動選擇的，更有孤注的意味。

可是男孩也越來越開心。他說這樣的日子好充實，身邊尚有愛人陪伴，喬是他積極生活的動力，充滿盼望，未來會更好。

他變得越來越「健全」。

這樣的日子一眼望到頭，喬已經肯定未能一直愛他。有沒有什麼缺陷能永久續存？譬如失聰、心臟衰竭、截肢？但她又能對他做什麼呢。

只能分手。他最後還不知原因，以為她捱夠，不想再住在劏房。

喬執拾好行李，沒有聯絡父母，但告訴了妹妹，你能借我一點錢嗎？我沒有地方住了，先租劏房頂一陣。

「吓？」這是妹妹的反應。

「你不要告訴爸媽，我不要他們幫我，最嘔心是順利度過難關，平靜度日。」

妹妹仗義得很，借錢，沒有多過問。

之後喬又和妹妹失去聯絡。

她繼續過流離的一生，廿歲結婚、生大仔，過幾年又離婚，沒有撫養權；和另一任男友假結婚，對方失蹤；與下一個男人交往，意外懷孕生下細仔，直到顯懷才後知後覺地發現，還為能慳幾個月衛生巾的錢而慶幸，男友卻不知所終。寥寥幾句，竟把她近廿年的生活道盡——或者是，她也不知有什麼更精彩的可以敘述。

輾轉廿年再見，湘湘也不知道家姐到底如何找到她，頓了一頓，對喔，二人有追蹤彼此的社交媒體，只是家姐太久沒更新。

「我要坐監了，應該不用一年就出來，以前的事。」

湘湘確認家姐真的犯了事，而非只是不想承擔任何責任，再把責任轉嫁到久未會面的妹妹身上。家姐並無編造謊言，如同她年少時渴求融入各色圈子，便說起父不愛母不疼的故事。

二人沒有信任，卻有種莫名的牽絆。

這種想法曾經嚇怕湘湘——我不要成為家姐這種人！她感恩青春期的自卑自憐時常作祟，讓她平平淡淡地過下去。

家姐離家出走後，父母十分擔心，無法致電，留言亦未獲回覆。他們託湘湘透過同學和朋友找家姐，一無所獲，只得一句「現狀安好，不必費心」。往後廿年，孝順父母的責任全部落在湘湘頭上，交家用、陪診、飲茶聚會……她一人面對所有親戚對於前途和婚戀的盤問，挺過去後，還是有長輩問起家姐：「不知現在阿喬怎樣？」沒人覺得晦氣，反而一直聊下去，他們想像家姐在神秘組織高就，或是做隱密的豪門媳婦。

每每到此，湘湘忍不住黑面，丈夫摸摸她的手，似是安慰。

現在，她把多年怒氣化作一句憤怨的話，提高音量：「其實你這人有什麼問題？以前明明也醒醒目目，為什麼會坐監？」

「我也不知道，也許是天生的缺陷。」

「但你以前正常很多！」

家姐看著湘湘，最後說：「拜託你照顧我兒子。」

「什麼兒子？你不是廿年前已經生了，這麼大個人，不用跟我們住！」

「不是那個，另一個，今年得十歲。」

湘湘費事問小侄子生父的下落：「那你的大仔呢？交給他啦。」

「他不聽我電話，我也沒辦法，細仔無人照顧了，你也不忍心吧。」

湘湘想起以前活在家姐的陰影之下，明明應是一樣的臉，卻硬生生長得不一樣，她們的人生因而走上不同道路，幸好，自己不是更壞的那個。

以前小學有養花比賽，老師將一小盆一串紅發給學生，並且在大螢幕上投映它們開花的樣子。湘湘和家姐一人一盆，拿回家種植。

家姐不管，就放在窗邊，也不淋水：「我沒想過贏，有人一拿到摔倒，把泥土撒了出來，一天也沒有養到。我至少把它帶回來了。」

一串紅象徵火熱的感情。

湘湘於是連同家姐的一同淋水、施肥，最後長出兩顆橙紅色的花，盛開得一樣漂亮，她無差別地對待兩棵花，只是希望她們都長得好，開得燦爛，總不能任由其枯萎凋謝，哪怕希望上台得獎的是自己。淋水時小心翼翼，避免沾濕花苗，否則爛掉；每日至少曬八小時太陽，但又不可無遮無掩地被烈日照射；留意有沒有害蟲出現，還記熟蛞蝓的樣子。家姐旁觀。

呈交花朵那天，她把其中一棵帶出門，告訴家姐，你看，你就養不到這樣好吧。家姐順從，對，這事我真不如你有耐性。

最後湘湘獲得冠軍，在操場早會上領獎時，家姐在台下替她拍手掌，二人對視。

侄兒躲在家姐身後，湘湘蹲下來，和他打招呼：「你跟姨姨住一年。」

侄兒問：「你能把我照顧好嗎？比媽媽照顧我還要好？」

「是。」

家姐忽然搭話：「可以的，我弱的事，她都很強。」

湘湘認為，她可以像養植一串紅一樣，養育侄兒。

那是一個十歲的男孩——不用管他幾時食飯，不用怕他會嘔奶瀨屎，不用以另一個語言溝通相處，她這個做阿姨的，只需要看著侄兒平平安安地活著，連功課也不用檢查，因為成績是他與學校的共同事務。她偶然會煮飯，和他一起吃，沒有急著詢問什麼，二人一同看電視，心血來潮便問：學校發生了什麼事，討厭哪個老師的課，籃

球好玩嗎，有沒有偷偷談戀愛，喜歡誰了。你不用怕我會報寸，我跟你媽媽並不是很熟，哈哈。侄兒與她，比她與家姐感情還好，可能是不必與他競爭什麼，也沒有什麼可比較的。她相信自己也能照顧好人兒，不像家姐那樣。

「那你為什麼跟媽媽不熟？」

「你跟媽媽熟嗎？」

「有點熟，但也不熟，至少她不知道我在談戀愛。」

「這就是了，人總有點地方要與親近的人疏離。」

湘湘最意外的是，家姐竟能把侄兒養得如此「正常」，或者說是「普通」，如同大部分十歲男孩一樣，總之沒有「離譜」。侄兒一點都不像是家姐這種飄忽得離家出走、父親這種拋妻棄子的組合所能培養出來的孩子，喜悅和煩惱都那麼平凡，至少，沒有把奇怪的父母掛在口邊。

「你會害怕嗎，要與我住足足八個月，本身還未見過我。」

「和不認識的人一起生活也頗有趣的。」

晚上，湘湘、丈夫和侄兒會一同在家吃飯，像一家三口，丈夫會替侄兒挑魚刺，教他如果啃骨，就扒兩口白飯往下嚥。她在旁搖頭，別亂教啦！侄兒大笑。

回到房後，她喃喃：「孩子也挺好。」

「你喜歡這樣的對吧？我們努力生一個，然後把他教得好好的。」

以前，她惱恨自己連肚子也比家姐的弱。家姐年輕生子，身型恢復得快，在湘湘不知道的時候還多生了一個，如果彼此關係好，他日或許可以共享天倫。而她，儘管建立了溫馨之家，丈夫是個負責任的男兒，卻無法懷孕，醫生說機會比較渺茫，建議她打排卵針。

在卵巢刺激階段，每隔幾天就施打促卵泡生成激素，然後觀察卵泡的成長情況，定期回診，照超音波檢查，驗血，留意荷爾蒙變化，確保卵泡成熟。彷彿未能生育是一種病，進行治療，收獲一堆副作用，時時頭痛和胸脹，好幾次作嘔，辛苦得反胃，竟令她驚喜地誤會懷孕。

最難的是拿針插入自己的肚皮，往下按去。

今年湘湘四十歲，她的身體已經遺下諸多針孔，卻總與孩子沒有緣分。曾多次夢見她和家姐交換人生——年紀輕輕便要承擔另一條生命，她噙著淚水醒來，竟感覺家姐多年來的不如意。

對於孩子的渴望，一次又一次地被沖淡。

在侄兒們的痛楚之前，她首先為家姐紅眼。

八個月後，喬出獄回家，檻火盤，碌柚葉洗身。婚姻關係仍然有效，喬本想離婚，卻因無法申請法律援助，又沒錢請律師，因此擱置。她也不想理了，可是湘湘叫她找份工作，改善生活，以後就會慢慢好起來。

湘湘五味雜陳。闊別多年，其實她一刻也未放鬆過，總是在默默關注家姐的社交媒體，但總是沒有更新——她們分別時，甚至未有Facebook之類的通訊軟件，但在社交媒體興行後，她一遍又一遍地尋找家姐，最後，二人在網絡上是「朋友」。

她還是無法懷孕。

她還是希望能夠與家姐交換一些經歷，譬如有小孩，因為她也清楚自己不會與家姐再有相似的選擇。由是理直氣壯，終於心平氣和。她忘記了那個曾令她咬牙渴望超越的家姐，和後來失蹤生子坐牢的是不是同一個人，或者說是認不清。

唯一確定的是，她在日日夜夜之中也未曾放鬆自己。

現在她或許可以放鬆一下？

# 新生

一把聲音，扭曲的、血肉模糊的臉，炸開，黏在她的肚皮上，再緩緩滑落，只留下哀怨的紅。

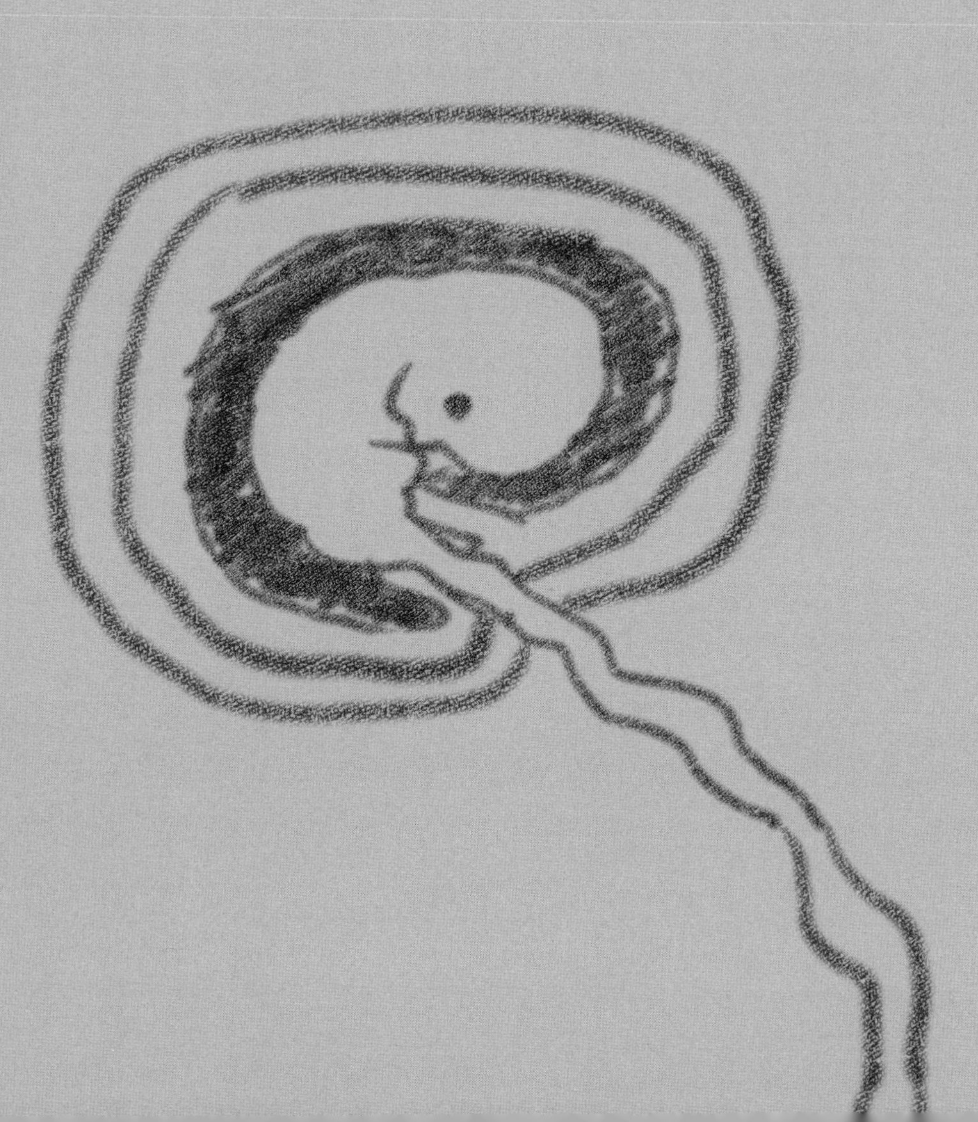

得知施浩結婚的消息時，她剛入校介紹家計會的服務，以及向青年推廣性教育。

以前在大學唸書的時候，她唸了一個專題研討課程，本來只是因為想不到選什麼才修讀，最後竟覺得是最喜歡的課程之一。最後一課，她在「離別練習」流下眼淚，想像與重要的人事離別，在身體裡流逝，思念、記憶一點點稀薄，環視身邊也捉不住，就像未曾有過。隔多幾年，是不是就不再重要呢。下課後，她到洗手間哭，引來同學敲門：「雪知，你無事嘛？」才連忙止住。

抹乾眼淚，她就見了施浩，心中瞭然，大概沒有下次。

果然在最後一次見面之後，她就沒有再看到他的訊息，社交媒體不再更新，不論是限時動態抑或帖文也無。因二人沒有共同朋友，施浩就像人間蒸發一樣沒有影蹤。

他沒有封鎖她的電話號碼，但是，她也沒有傳訊息找他。

如同親人之間漸行漸遠那樣，他只是陪伴她做了非常短暫的家人，最後離別，僅此而已。

她對於這段過往閉口不談，因為這是一個重大的失去、具體的創傷，她實在沒法向任何人披露。

那是初夏，當時香港的四季比現在分明，她在街頭冒起薄薄的汗，還帶點晚春的活潑。

如今發現他要結婚，她心跳得很快。

就像看到一個三口之家，父親要和另一個女人結婚，而她就是那個被撇下的母親，只剩下她和兒子苦苦支撐。

可是兒子一早離開了她的身體。

晚上，接收到施浩的電話時，她在廁所裡，心跳漏了一拍，像是為了見面時多跳了幾下平衡。

「我下個月結婚啦。我覺得要親口同你講一聲，讓你知道。」

「哈，為何這麼早結婚？之前又話自己不婚主義，天生愛自由。」

「她想生小朋友，不想太遲先結。」

「哦。幾好。」

「對唔住，以前我真的太細個，對唔住。」

下午，雪知已在社交媒體上看見他要結婚的消息，一個帖文，一隻戒指，閃得她移開了眼，又往下看句子「She said YES」，她繼續往左滑去，看見洋溢著甜蜜笑臉的準人妻，把頭靠在他肩上。

她沒有特別震撼。與施浩離別多年，她不會天真的以為從此他就孤身一人，與異性交往，只屬自然。

可是走到結婚、生小孩，在她的認知之中卻是遙不可及。

雪知掛了電話，面色如常，一直在屋子裡照樣找東西吃，煮撈麵，倒水時不小心把一大半麵都撒在鉾盤上，她撒下煲，熱水彈起，灧到她的手背。

「Shit！我屌你老母！」

她開始哭泣，大叫，身體不斷顫抖。

在全身鏡前哄近，然後大力拍打，像要它碎掉。

「我只係想食個麵……」

越嗌越大聲，最後坐在客廳裡，一言不發地發呆。不知過了多久，肚子打起鼓，才死死氣地再煮多個麵，一模一樣的撈麵，她只是學精更加小心地倒水。

她曾經也想和施浩在一起，建立家庭。

廿二歲那年，雪知第一次感覺到擁有女性的身體，是一件多麼可怕的事。但此刻，

她想擁有女性的生理現象，在排卵期後殘餘的黃體死亡，引起急劇的黃體酮、雌激素濃度下降。然後導致子宮內膜脫落，流出一塊又一塊的紅，厭惡卻又令人感恩。

隔籬有人進來了。

那個人沖廁，洗手，然後又有幾個女生進來，嘻嘻哈哈，說終於匯報完，要到飯堂點西多士。她認出是同系同學的聲音，嚇得把呼吸也靜音。

雪知還是坐在馬桶上。

兩條線。

驗孕棒購自連鎖店，印著品牌名字，紫紅色蓋子。她一邊撒尿，一邊把連接試紙的那邊伸向尿液。等待三分鐘。

兩條線。

她把腦袋完全放空。滑了兩下電話就關掉螢幕，再打開，再關掉，再打開，再關掉，三分鐘過去。

兩條線。

不不不準確的，這不是早晨第一泡尿，結果不夠準確測試出人絨毛膜促性腺激素含量——剛才她一邊等候驗孕結果，一邊上網重複又重複翻閱資料。沒有事的。完蛋了，我的人生完蛋了。我想馬上出學校。等下還要幫人補習，英文，地理，大西洋，So do I，應屆 DSE 考生。明天也要上學，不過上課地點在本部，有點遠。香芋珍珠奶茶即使無糖仍然有點甜，剛剛好。開花了，春天生氣勃勃，在校園某個角落，可以同時看見春花秋葉。我要枯萎，枯萎下去。

孩子沒有機會經歷這一切——她肯定。

她糾結萬分，之後發短訊給施浩：「我有咗。」

他馬上致電：「你有咗？驗咗孕？」

「是，兩條線。」

「我陪你做檢查，幫你約醫生。」

施浩是孩子的爸爸。沒有其他可能。

雪知在一個真人圖書館的活動認識施浩，主題是「單親家庭的孩子」，她是活動助理，負責約定參加者，以及在期間活躍氣氛。即使不是分享者，她也不斷為他人的故事動容。其他人也是出身於單親家庭，才會對這個主題感興趣，因此他們的回應裡，多多少少提及自身，一個個沉重的故事。她一邊慶幸自己與父母保持緊密聯繫，一邊慨嘆大人多少決定也會影響小孩的氣質，幾乎伴隨一生。

施浩的外表是高大健碩的，全身黑，不苟言笑，像鎖進一個真空密實袋裡，被抽走快樂的可能。

他說自己以前好像有強迫症，每日出門前也會不斷檢查鎖匙，心理學家不斷替他找以前的因由。父母離婚後，他就與母親一起生活，但因校址太遠、母親情緒不穩，他不斷住到別人的家中，被打，逼著吃混了腳甲的飯。他曾在水中祈願：要盡快回家，否則就會窒息。

親戚的家，甚至補習老師的家，他都住過了一遍。成年之後，他就馬上申請宿舍。

他最後說：「其實我也不是單親家庭，我是完全沒有家了，哈哈哈。」

全場靜默，雪知忍不住說：「你早晚也可以慢慢建立。」

施浩太合她眼緣，不是「非君不嫁」的意思，而是總能勾起她的探索欲。看著他的眼睛，深究下去，心中便升上一股柔情，分不清是憐愛抑或色相的吸引。他向她點了點頭，幽幽地笑。

離場時，他問她要不要吃宵夜，她分辨出話語之中不單純的動機，但還是跟隨他的腳步，走到一間懷舊糖水舖。

說真的，無緣無故為何還要去食糖水，活動都橫跨了兩個小時，儘管熱愛社交，她也因身體疲弱而睜不開眼，可是和他聊了一句又一句，這夜好像不會完，所以她也願意過下去。

以前剛升上大學，她搞系莊，通宵諮詢過後就會和莊員一起吃大排檔。個個都被質問得精神失常，唉聲歎氣，最後就喊了一人一碗糖水，呼叫著看日出，忍不住流淚，哭著說要一世做好朋友，那時認為這是熱血，青春就要博盡無悔，一生人一次。當時，她大概無法想像三年後自己仍然會在晚間流連食肆，還要和陌生男子。

她問他為何如此坦誠，真勇敢，不是誰也能毫無保留地分享過去的故事。他說活動主辦是他的好朋友，當幫人吧，而且過去的事都已經活成談資，只是說出來而已，沒有什麼難度，反正大部分人之後也不會見面。

今晚限定。

二人同時選擇了桑寄生蓮子蛋糖水，然後開始聊以前中學的事。

雪知說：「我和同學補習後就去食糖水，跳了晚餐，想著減肥又慳錢。」

「真傻！發育期呢！」

「以前不知道，高中時才吃多點，讀書壓力大，時常吃甜的分心，所以以前胖一點，然後考完試再減肥。」

「好彩壓力大是吃甜，而不是其他。」他續道：「我也有段時間，不吃晚飯只吃糖水，不過無人理我，很自由。」

她心頭湧上憐惜，保護欲油然而生。

最後不知怎的，就來到酒店，問還有沒有雙人房，一張大床或兩張單人床也可以。

二人在一張單人床上做愛，在另一張單人床上擁抱著睡覺。

「我很少與人過夜，怕等間輾轉反側，嘈醒你。」

「沒關係，我很易瞓得返。」

那夜施浩的呼吸聲越來越均勻，他起床的時候也驚喜，竟能一夜無夢，睡得飽，精神奕奕。他盯著雪知的臉，睫毛濃密但是短短的，臉頰泛起自然的紅，嘴唇似心形，無知無覺地嘟著。這不是愛情，只是他還是短暫地感到窩心。她醒過來後，也沒有多說什麼，只是和他一起退房，吃早午餐，離別，沒有問「我們是什麼關係」。

約會不斷重複，他們是同一間大學的學生，有時他會等她放學，一同到飯堂吃飯。有時會看戲，第一套是張建聲主演的《筆忠誘惑》，完場後她笑著說愛情真可怕。二人最愛是行 IKEA 的模擬房間，在那裡坐上一小時，打幾鋪機。

沒有表白，沒有明示或暗示關係的名號，只是繼續進行下去。

街外，雪知曾碰見過朋友，對方指著施浩問：「他是男朋友嗎？」

「不是，只是朋友。」

他聽見，有一點點失落，同時鬆一口氣：「你不想拍拖嗎？」

「我拍拖就很認真，但愛情會完結的，我想快樂可以長久一點。或者，如果，我可以再輕散一點來談戀愛，就不會怕這怕那，真心總令人膽怯，哪怕已經嘗試勇敢。」

「那很好。我們可以很長久。」

她曾經和前男友談過一段刻骨銘心的愛情，說得老套，大概在她心中已經是很久很久之前的事，憶述起來也要長舒一口氣，才能追回過去的時間。

明是她中學開始交往的男友，二人感情好，已經認定要在大學畢業後結婚，享受三年二人世界，再生一對子女，給予他們最好的，未來一家四口可以坐下來傾心事。他說偏好女兒，那時已替女兒改好乳名「米米」，聊到所有關於孩子的話題，都會說「米米也要這樣」、「我到時會帶米米到那裡」、「我接受不到米米十六歲就要和MK仔拍拖！」、「我會偏心米米多過兒子」。

她總是沒好氣地笑出聲，然後想像未來，都有對方。

直到考公開試，明說要和家人移民。

「為什麼呢？香港好地地，你住了咁多年，突然移居？你有沒有想過我，有沒有想過我們？你還不是跟我商量，只是通知？而我就要被動接受？應是不能挽留，我不能因為自己的欲念而開口把你留下，阻住你尋大好前程，誰敢要他人改變人生方向呢，因此，我只能笑著祝福你，是否？」

她沒有把這些話說出口，最後還跟他談了一年遠距離戀愛。

分手並不是有人出軌，只是累了。她生病，發燒到三十九度，吃了藥後於昏昏沉沉之間夢見他，醒來時世界是黑，什麼人都沒有。她突然覺得好孤獨，以前一直幻想，自己和他不會像大部分情侶一樣分離，怎知一次次的隻身一人，還是令人迷失。她不

知道何時是盡頭，假如明年、後年、總之某一天二人便能團聚，或者她不會被擊倒，然而。

終究他們只是大部分人。

之後，她也有拍了些散拖，但很快就結束，毫無意興。

進大學以後，不知是否新思潮興起，城市流行各種新式關係，性伴侶、秘密情人……她想抵抗這些短暫的肉體關係，但是又太快和心儀對象發生關係，結果，沒有在一起。有一就有二，有二就有三，原則一旦被打破，扭曲的速度便前所未有地快。她覺得沒有關係了，反正都試過，因此才不抗拒和施浩上床，多多少少，也有些心動。

嘖。她都厭惡自己起來。

直至雪知驗孕。最初只是因為女同學問她借衛生巾，她掏出來之後，心血來潮翻查月經應用程式，發現已很多日未來經。她這陣子忙，但平時月經十分規律，總不能因為日夜癲倒幾天，就推遲整個月？她不覺得自己會懷孕，平時在安全期裡無套外射，危險期則使用保險套，施浩比她還小心，應該不可能。為了買一個安心，她買了驗孕棒。

不會中啦，前一秒還這樣想。

下一秒她的大腦一片空白，驗孕棒上清晰的兩條線橫亙她的眼睛，以至世界再無其他景象。

點解？點算？之類的問題令她全身顫抖，牙骹打震。

我不能生下去。忽然狠狠地想。

肚裡的孩子不能出世，終究要被丟進垃圾桶，她很想跳進馬桶裡，沖走一切。

洗手間外同學輕快地聊八卦，而她清楚，假如有人知道她懷孕，必會成為八卦的對象，轉眼間，她已明確知道自己和外面那些人，不可能再一樣。

在人際之中，成為隔膜的往往是人生階段，多的是不理解，何談真心。

就連同齡人也存在距離，她真的能夠和少自己廿年的嬰孩有共同話題嗎？

孩子升上幼稚園因分離焦慮而大吵大鬧時，她已被人影來去如煙燻得沒有反應；孩子為學業壓力鎅手自殘時，她難免忍不住想做學生最幸福了；孩子出來工作時，她一眼望穿未來所有理想憧憬都被現實破滅。

哇，她做不來窩心的母親。

敲問自身，實在不想要小孩——即使曾想過養育後代，生下一個和自己長相性情類似、卻改掉壞習慣的小孩，看著他幾個月就轉一個模樣，見證小生命從零開始長大，漸漸成人，這個過程，她是憧憬的——然而香港實在太亂，她不忍心把新生命帶過來，讓他經歷悲苦。

小學和初中，老師常常叫人交〈我的志願〉作文功課，她真心實意地寫過導演、咖啡店老闆、神秘顧客，雖然不甚了解，但覺得好酷；也寫過「相夫教子」四字，為了顯示懂得四字成語——當一個母親也不壞，她喜歡媽媽，所以，也想承繼「衣缽」，一代傳一代，如同世襲。

「找一個好男人做老公，生下和我似樣的女兒，眼耳鼻最好像我，嘴巴不一定。要學些興趣，玩單黃管，跳舞，畫畫！」

還被老師圈出錯字，罰抄「單簧管」五次。

第一胎是女兒，第二胎是兒子，一男一女，「好」得很。

廿二歲的她忽然記起兒時最純粹的念頭，喃喃一聲抱歉。

雪知等到晚上見面，才詳細告知施浩懷孕的事。

「吓？你不是安全期嗎？」

「可能你漏了一些入去，然後中獎。」

「這不是獎……我陪你去看醫生檢查先。」他截釘：「我陪你落了它。」

「假如我想要呢？」

「我建立不到一個家庭。」

她也沒有想要，只是當聽到他堅決不要時，還是感到身上有忽肉剝離。對啊，我們兩個只是因為寂寞而走在一起的人，平日只能嘻嘻哈哈，講些不觸及對方的心事，可以聚焦過去和虛幻的現在，卻無法談論將來。因為我們是沒有將來的人。

沒法說出更多內心感受，是這段關係的死穴。

她不能說出關於墮胎的恐懼，女性身體的脆弱，也許只得女性共鳴。總是，她夢見子宮破一個大洞，然後孩子被暴力地吸出，空間如有回音：你為什麼不要我？

其實令她最心痛的是：這把聲音在她醒來之前說，你不要我也沒關係，我理解的。

於是時時起床後，全身也濕透，然後眼淚流下來。

「好，我去預約家計會。」

她佯裝冷靜，低頭默默吃飯，施浩也一改往日見面時的輕鬆自在，板著臉，不知在想什麼。回家的這一段路，她走得異常地慢，一邊步行，一邊小心翼翼地扶著腰，像是怕折了孩子的身。對不起，喃上喃喃，我無法帶你看更多風景，對不起。

她能為孩子做的，只有這段時間好好養生，照顧好自己。

施浩沒有想過，自己在世上會有骨肉。

真神奇。假如他與人好好建立關係，說不定，就可以生個一兒半女，為他們改乳名，睡前傾心事，假日打籃球，好一個溫馨的畫面。

誠實問心，他喜歡雪知，但不至於是談戀愛，每日報備行程、定時約會，把對方介紹給家人認識，久不久就結伴去旅行，這些那些，都讓他感到很大壓力。朋友聚會時，聽見男人互相在說女朋友對他們怎樣好，他短暫地升起一些羨慕，但隨即總有個可憐鬼說女友鬧脾氣，「這件事我有什麼錯？為什麼每次我都要低聲下氣？」幾杯黃湯下肚，所有人都替男生罵另一半，但女生致電過來，他又換上一副誠懇的姿態，說都是他不對啦。

施浩不想承擔戀愛的責任，好累。

光是需要時常回覆短訊，已令他透不過氣來，緊密地和人保持聯繫，是他廿幾年來都未試過的，新鮮卻沒有意趣。假如他可以想覆就覆，或是把對方攤涼好久才醒起要聯絡一下，倒是可以，然而戀愛不是這麼一回事。

他沒有過存心玩耍別人感情的時候，只是結果被罵負心。

中學的時候，有個女孩每天也陪他一起放學。他沒有抗拒，反正住在同一個屋邨，他只需要守好自己這麼多年也一個人住的秘密就好。不過有時他還是會借口要去打波，享受獨自一人的時間。後來女生表白，他又沒有抗拒，她很快牽起他的手，每天如是。這種甜蜜的生活讓他感到溫暖，畢竟世上只有她關心他有沒有吃飽飯，甚至連他在聽什麼歌也想知道。他也喜歡這種被關心的感覺，尤其是她非常貼心，懂得製造驚喜，像擁有無限的熱情。

後來親吻，擁抱，在他的家發生了關係。他驚歎女生的皮膚竟可如此嫩滑，胸前有股濃烈的奶香味，深深相擁時似是無骨，在他懷內融化。此後，二人在床事上更痴纏。

這種原始衝動令他以為這是愛。

女孩敏感，總是隱隱不安，好像只是剛巧出現在這裡，被他尋到並輕輕伸手示好，她便忙不迭迎合。他漫不經心的模樣總令人疑心，是否世上誰人也能取代她的位置？升上大學之後，她就頻繁檢查他的電話，有沒有和別人通訊，社交媒體新增了幾個人。

他覺得好煩，女孩很煩，愛情很煩。

之後他就不斷重複類似的經歷。和女孩分手後，感到空落，因此從來沒被關心過的人突然被愛，還是留戀這種感覺，於是就去結識新的異性。有段時間，若然身邊沒有人，便會覺得很難受，空虛的感覺不是要死了，而是不知為何活着。他可以單戀、可以失戀，這種投入的沉溺倒還有一點痛感，痛感亦是刺激的快感，快感就是他不用漫無目的地過活的安慰劑。

但他的愛情結束得很快，因為感受過溫柔以後，他就厭惡關係的枷鎖。如果互相都喜歡或不喜歡，可以、完全沒有問題，但是，只有一方對另一方有愛意，這是期望和假希望。他常常接受了別人的愛意，卻沒有回報她真正期待的感情。

不是「做」了什麼才是傷害，「沒有做」什麼也是。

在他表明自己就是一個這樣的人之後，那些女孩個個都說「不介意」、「沒所謂」，於是他就假裝想像不到後果——沒有人會真的能在一段不平等的關係承受更多「沒有」。不介意你不愛我在最初，因為我相信我能改變你、感動你。我對於我更愛你感到沒所謂，因為我期望，最後我們的投入度不會差距太遠。

這是介意，這是有所謂。

這是明晃晃卻又假裝隱密的負擔。

往往，分手的時候，他直接說出了理由：我不夠喜歡你。但是，二人戀愛已有一段時間。女方覺得他心動了、不再打算離開了，才會一直留下來接受她的愛意，她亦因此獻出更多溫柔，意圖讓他沉溺，一起做情理兼備的傻瓜。怎知原來不是，日復日

的愛意困不住狂野奔騰的心，馬兒嚮往草原，而非被馴化在養殖場。她們都覺得被玩弄，往日的付出付諸東流——即使她說過不介意。

有一任女朋友，在分手時破口大罵：「你都黐線！你完全不懂愛！去睇吓病啦！」個個都說他有問題，彷彿所有正常人都會因他人的愛而深深動容，只有他不會。所以，他真的約見了臨床心理學家。

「你有沒有認為，自己恐懼建立一段關係？」

「交往的時候，你對她們都不差，但又好像不敢太認真。」

「假如沒有人愛你、和你交往，你會更開心嗎？」

他鬆口，一口氣道：「我覺得認真期待了一些東西，但最後它會完結，這件事很恐怖。我的父母拋棄了我，我見證了小時候他們好端端的，以為他們會天長地久，但最後最受傷的好像是我。他們曾經那樣的恩愛，為什麼可以說離婚就離婚？」

「你認為關係會完結，這樣很恐怖是嗎？」

他點頭，半晌，又搖頭：「我沒有信心認為自己是特例，不可能我父母雙雙如此，而我不會。如果一直以來也自己一個人，沒有感受過幸福，那是可以承受的。」

「那你為何感到困擾？」

「我有機會感受幸福，卻覺得很大壓力。」

心理治療無法讓他拾起自己的愛，反而在那之後，更加堅信未擁有過一生一世的承諾，更能使人安心。

最初認識雪知，施浩只是想找個人陪。他既想要溫暖，又怕被灼傷，諸如此類的理由。他有想過，為什麼是她，而不是別人？可能是因為她散發一種泰然的氣質，告

訴人她在愛意中長大，傻氣而友善，自以為精明灑脫卻老藏不住心事。他就想，如果靠近這種人，或者可以不孤單了。當然，外貌和身材也是一大原因，但他不想輕易地承認。

有天，雪知到了家計會檢查身體，證實懷孕，並敲定流產手術。

她從家中取走一疊現金，那是一部分的利是錢。家裡有許多親戚，只需熟練地笑笑，祝福新年進步身體健康，每個新年她都賺個盤滿缽滿。

「一生平順」，這是朋友的形容，她也自問泡在蜜糖罐子長大，所有人都讓她庇蔭。因此當施浩激起了她的保護欲，實在新奇，她無法抗拒被信任、被渴求的感覺，生平第一次彷彿擁有主動權，並有能力愛護他人。雖然知道這很危險，所有沒法回頭的沉淪，都從一輪波動開始，跟著情感的漩渦向心下墮。

可是，她實在無法抗拒。

她很容易便會依賴人，畢竟習慣。內心有極其柔軟的一面，她希望被家人以外的人發現。

一直習慣有戀可愛的她，失戀之後，渾身似流浪的廢棄膠袋，心是空了，寧願找隨便一處枯枝掛着，都不要在空中飄流，無拘無束竟自由得心慌。

不是抱怨可以掌握的選擇太少嗎？不是認為世代愈變愈壞感覺愈來愈無力嗎？這些層遞下的頭腦風暴，是重重複複的。感情多是負心，是否？那麼，如果連自己也隨便行事，不要首先考慮過多的程序與繁文縟節呢？

舊日留守以為能夠走到白頭的關係，怎知愛不似預期，不但走、還要飛。

一路上，他們聊個不停，雪知感受到旁人的注視都落在她的肚子上，也許是心理作用。可是，她沒有一絲不自在，反而高興。

從家計會出來，二人隨便找了間餐廳叫外賣，在門口等待，要是旁人觀察，大概都會認為他們是情侶。

施浩低頭看着雪知的頭頂，髮旋是白的渦輪，他用手指碰了幾下。

她掂起腳尖，也篤了篤他的額頭；他點了點她的顴骨；她又拍了拍他的下巴。

毫無意義地，他們不斷觸碰對方愈往愈下，但動作不帶一點色情意味。

「彈彈，」雪知的中指往拇指彈去：「不理你。」

「包包，」施浩用手包住她的手：「不准！」

隨即，他鬆開手，但眼中有止不住的笑意。

和她在一起的時候，真是輕鬆自然愉快，他像個小孩，而她好似從不介意，還會陪他玩。所以，最後就發生了這樣的事。

「我無法承擔這條新生命。」

「我也是。」

「對不起。」

幾天後，二人到了家計會做手術，胎兒還小，可以做藥流，雪知躺在病房上，下腹傳來震痛。

孩子沒有了。

自從懷孕之後，她的腦袋便未曾清晰過。生命在她的身體裡抽離、死去，她負責主宰這件事，毫不留情地。抬頭看著天花，眼睛連燈光亦無法聚焦，她在重影之中看見影視劇中的靈魂體，浮遊在天空，流逝，消散。

孩子沒有了。

成功完成手術，不是「恭喜母子平安」，而是「坐小月子也重要」。

施浩給她買熱牛奶、暖包，還念叨：「你要好好照顧身體，人們說墮胎跟生孩子一樣傷身。」

「對的。」她的心升起一種憤恨：「只是我的孩子不會哭笑，現在是一條屍體。」

「你不要這樣，人生還長呢。」

孩子沒有了。

她哭了出來。

大學最後的時間，她以學業繁忙為由，從家中搬了出來，寄住在施浩的宿舍。家人不知道女兒已經長大，以為她尚未經人事，萬一在家中突然情緒失控，交代緣由，很難收場。其實她信任家人，亦清楚他們絕不會傷害她，可是，如此便更難以啟齒，怎能承受自己將會為他們帶來失望。

而世上只有施浩知道她的近況，殘殺了一條生命，讓自己繼續生活——夜裡，她常聽見一把聲音，扭曲的、血肉模糊的臉，炸開，黏在她的肚皮上，再緩緩滑落，只留下哀怨的紅。

施浩體貼入微地照顧她，那是春至的二月，他會提醒她保暖，在她沒有胃口時煮食，包攬宿舍的照顧工作。二人除了上學、兼職時，其餘時間都黏在一起。她漸漸對他產生了依賴。這幾個月，她的身體虛弱得很，索性不見任何朋友，只維持最低限度

的上課和補習，社交活動只得和他在一起，慢慢，他佔據了她生活的全部。她是病懨懨，像身體無骨，渴望以疲弱的皮膚纏繞他。

學期快完了。

有天，施浩和她認真地說：「我們快畢業了，彼此也要走上新的人生階段，很感謝你陪我過最後一年。」

「畢業之後，我們還可以這樣啊。」

「我們有各自各的路要走，不可能一輩子也如此。」

她恨自己完全明白他的意思，這段無名無分的關係要完結了，不能再將彼此困在大學四年級的生命裡，未來還有更美好的要探索。

「你有沒有想過，我們可以在一起。」她語氣篤定，在想像裡，二人共過患難，順利的話，可以成為一對堅定的情侶。

「我有想過，但是——」

「不要說了，我想睡覺。」

像正在脫落的死皮，其實都知道下場就是變得更乾涸，之後剝離皮膚表層，但她還是想再塗厚厚的保濕乳液，讓它緊緊黏在臉上，拖延散聚。

「你聽我說。我有想過在一起，因為和你一起很快樂，這是我第一次學懂怎樣照顧人。我也希望這段時間，你可以快樂——」

「我們可以快樂下去的。」

「我害怕很快就不快樂，一起以後，有機會分手。你知道我的家，這令我很擔心一切會完結。」

「藉口。」

「無論你信不信，我是真心喜歡你的。」

「有幾真心？城市裡大把人出身於破碎家庭，為什麼只有你不能拍拖？我們經歷了那麼多，甚至連孩子也……現在你說，喜歡我卻不能和我在一起？」

「孩子的事，更讓我發現自己無法踏入一段穩定的關係，哪怕牽涉一條新生命。」

稍一不留神，洗面時不小心摳到死皮，就會消失。

我也在美好的家庭長大啊又不見我規行矩步毫不叛逆成廿歲人仍以原生家庭做藉口哪怕你說只是一個因素呢。

「我會在你退宿前搬走我的東西。」她說。

「倒也不用急。我不是想趕你走，只是不想彼此太過期待。」他呼一口氣。

她覺得自己像一隻小舟滑行在波光粼粼的湖，四處什麼也沒有。她每划一下水，漣漪便輕輕以波動回應，可是也就那種幾下，又回歸平靜。空山無人，她稍稍抬眼，方才感受天忽然日出，一旦低頭，只見浪蕩的舟木，腳是踏實得很，只是走不出這空泛。

搬家是殘忍的。

雪知大學四年也沒有住宿，想著家距離學校只有半小時車程，於是沒有申請。父母把她照顧得很好，在家有私人空間，一間乾淨的房，書桌頂的櫃子擺放小蒼蘭味香

薰蠟燭，床頭放書和平板電腦。雪知最愛臨睡前攤坐，偶然會裸睡，左手邊有一排公仔，讓她擁著有安全感，床是單人加大床，翻身也不逼狹。

她第一次把自己的東西放在他人處，是小學時和閨密玩大富翁，她把家中那盒玩具帶過去，之後隨著測考和興趣班漸多，就丟下遊戲。中學時，觸控電話興行，甚少玩實體遊戲，後來同意閨密轉贈親戚。

第二次已是前度。她在他家遺下過 DSE 歷屆試題，一盒 4B 筆芯，一個睫毛夾，兩件外套。但她沒有取回。

其實還有第三、第四、第五次，她流連過幾間宿舍房，總有些痕跡，譬如隱形眼鏡、身體磨砂膏、梳子……但記不起來。

這次是她首次將自己的物品放在不屬於自己的地方，而最終需要取走。她看著房間裡的所有東西，手足無措，不知何時清理才好。書桌上扭蛋得出的公仔、護甲油，架子上的護膚品、黑頭針、防曬乳液，衣櫃裡的胸圍、內褲、襯衣、長裙、襪子，滾動架上的蠔油、衛生巾，釘板上的照片……她目光所久之處，都會浮現起為何它們出現在此。

最後是為何它們需要離開此處。

她搖搖頭，告訴自己，無論她處身什麼關係，畢業了就不能住宿，這是常理。

於是雜亂地把所有屬於她的東西堆在一起。直至有些曖昧不明的物品，他買的但送給了她的香水，夾份買的咕啞，她購下來一起用的膠布，心血來潮打算寄信給對方的信紙。她好想把他們通通取走，留個紀念，卻又怕他會忘記這些物件背後的故事。

更怕施浩從此不再記得她，還有未出生的嬰兒。

不是要令人愧疚一輩子，可是她絕望地察覺，除了遺憾，二人再沒有牽絆。他輕輕地來，輕輕地走，空氣流轉一輪，醫療報告證實了她的失去，卻不止是孩子。

如果不留下記憶，人為何要相逢。

她坐在混亂的房間，一邊執拾物品，一邊哭泣，還不斷打嗝，腦還很昏沉，更是坐在地上睡過去。

醒來，暮色已至，她突然想起中學畢業旅行夜機回港，也是晚上執噏，但人還是快樂的，因知道回到香港，將見到疼愛自己的家人。大學生活要結束了，總會走向更美好的將來。但現在不是。

她已經長成對家人有難抒之言的女子。以前她以為一個人自甘墮落，也許是家庭不幸，成長路上苦難太多，心理扭曲。但原來不必如此，只需一個輕巧的誘惑，人性複雜卻也可以很簡單。

真可怕，此前明明覺得沒有多喜歡他。

對於雪知，施浩不是不喜歡，只是沒有了她，也沒所謂。就像經過母校，就會想起舊事，如在操場和朋友於午膳時間打過籃球，輕薄的藍天與球的觸感猶在眼前。

但如若問他，他會說現在生活也好。

退宿時，她問他，其實你最後對我好，是不是只是因為愧疚。

不是，我也想你身體好。

那是不是和我相處了一會兒，照顧我一些時候，你就會覺得，我們之間兩清。

倒不是這樣。

是不是一種施捨，這樣對我，你的心就舒服點。

他知道世事不是如此簡單就能清算，只是，解釋更困難。

而她忍不住咄咄逼人。

五年後，雪知得悉施浩要結婚，起初還想祝福他，但聽見原因是想要和未婚妻建立一個有孩子的家，便沉默起來。過後，喉嚨的哽咽比話語更快出來，她突然心跳加速，大口大口地呼吸，整個身體也向下沉。

像是這輩子來過的月經都未來得乾淨，漸漸形成血塊，一下子往子宮口湧出。

她去了廁所，還是問：「點解？」

「我不想再傷害人。雖然你未必信，我當年也想過一起，但我不敢，之後常常想起你，常常覺得不舒服。現在，我像有機會彌補。」

不，你彌補不了我的傷心，即使我或許只想用罪惡感綑綁你。

但她沒有說出來。

因為他要成為另一個女性的丈夫，也將會成為一個孩子的父親。她想像自己是那個孩子，甚至強忍不適地代入那妻子，都會希望這家庭的男性，不再為前塵所困。她不是體諒他。

可是她還是忍不住罵了一句：「別再找我。」

總像你說過，之後事情就要告一段落。

她全程蹲在廁所上，像當年驗孕，可是低頭一看，夠鐘替換衛生巾。

# 遺書

愛的本質是愛本身，
而愛總比愛情廣闊。

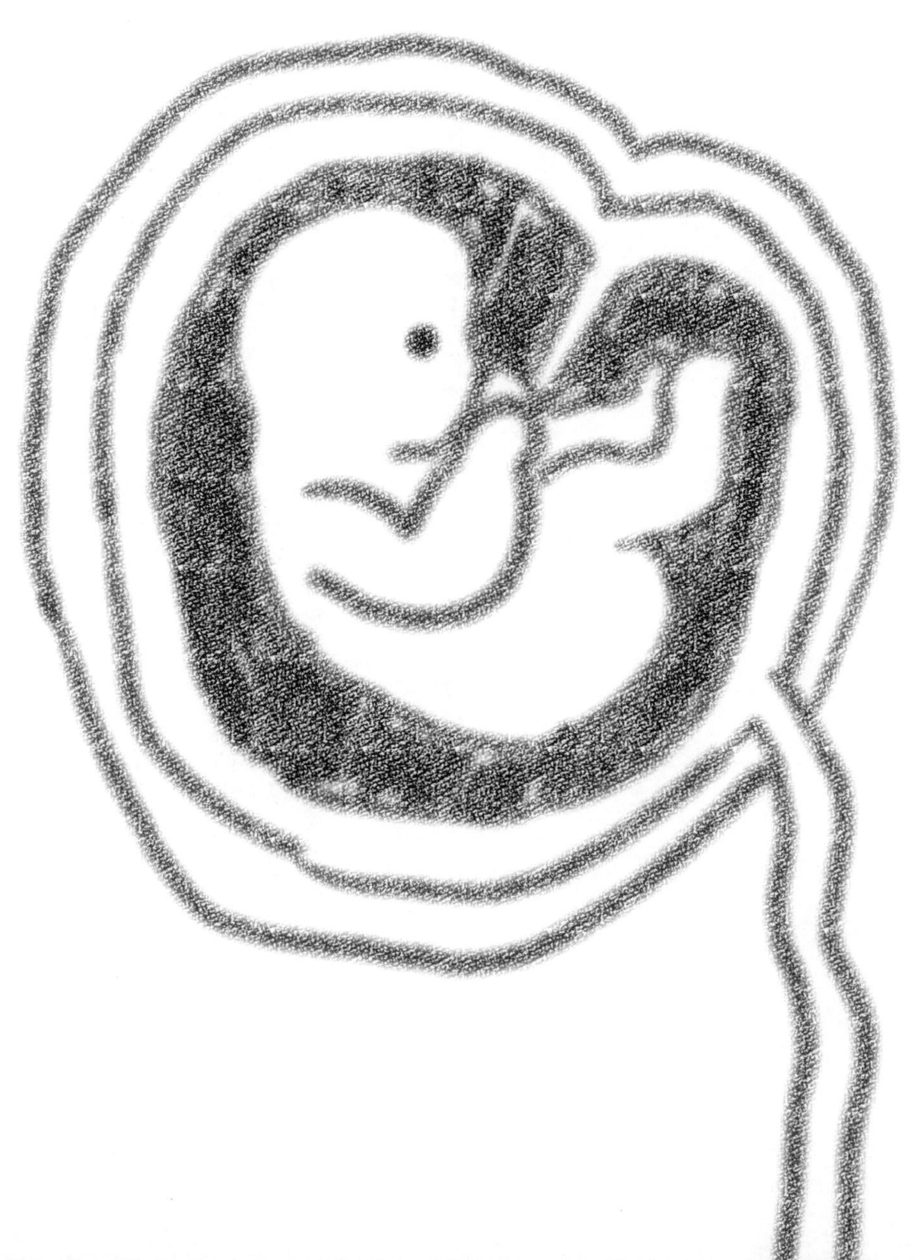

我想像過自己的死亡，是在風和日麗的春天，空氣濕漉漉的，水分在毛孔裡棲息。天上有沒有翅膀的雲朵，飄得薄，遊得輕，太陽高高掛起，暖洋洋卻不至熱烈的曬。

前陣子到台灣高雄，乘船到達旗津老街，再行上高雄燈塔，從高處俯瞰，看到五顏六色的屋子，讓我想起之前到丹麥新港，看見一整排高彩度建築，像進入了童話。我要死在這種能夠讓人充滿想像的地方。當然，如果是美得夢幻的山林和海洋，也令人神往。

最好沒有熟悉的人在附近，那會讓我將遺憾二字放到最大，體感過分直觀。

我的遺書，應該會這樣寫：

親愛的父母，希望你們快樂，即使我無法再參與你們的生活。

我們是來自同一個世界的人，卻不是出生於同一個國家，說的語言也不同。最初，你們結婚，我想不通你們怎樣成家，怎樣商量哪天簽署結婚紙，幾時要小孩，連分離的後路也斷絕，只能啞然，趕忙執拾包袱。可是一個異鄉人，怎樣隻身購買機票無穿無爛地回到故土呢？會首先被中介打死吧。廣東話難學，音調九聲硬倔倔，稍一控制得不好，就會把柔順的美意讀得僵硬。但總之，你們找到方法洽談怎樣生下我，所以我就出生。

你們不是同一個世界的人。

雖然小時候曾埋怨過你們，為何不能給我一個快樂的家庭。以前常常羨慕別人有家庭日，會出街玩，去旅行，諸如此類。

其實我知道你們已經盡力。在我有記憶以來，你們會帶我和弟弟到附近的商場，要麼是新都會廣場，要麼是荃新天地。父親會帶我和弟弟去書局打書釘，一坐就是一整個下午。我記得當時去的是大眾書局，最初看的是圖文書、繪本，後來開始閱讀成

語大全、漫畫、十萬個為什麼、動植物百科，再到兒童版世界名著。當時我最喜歡看的是《福爾摩斯》系列，可惜腦袋不夠聰明，寫不到偵探小說。

第一個記熟的成語是「覆水難收」。

母親則會四處逛街，平時已全天候廿四小時對著我們，自然想找機會逃脫，即使幾小時後再見面，你拿著的都是買給我的衣服與襪子。

你們當時還會在同一間房，一個還會用不太流暢的廣東話說街市見聞，另一個回以沉默。

我有數條小絲巾，包作一團就叫做「Bi-lu」，獨立分拆開也叫「Bi-lu」。它是我的朋友，以往我常常要握著它們，用涼涼的觸感碰鼻子，才能入睡。但不知道從哪年起，「Bi-lu」就不再存在——

應該是我們家第一次移動房間開始。

本身我、媽媽、弟弟一同睡在大房的雙人床上，後來，我和媽媽同睡在單人床上，上格躺著弟弟，從那時起，「Bi-lu」就消失不見，但我像是很適應。媽媽會說夢話，大大聲說外語，或者叫喊，我會被吵醒，又沉沉睡去。

我沒有討厭你們。

我只是討厭自己。你曾提過，如果不是有我，你會捨得這裡短暫有過的一切，陌生的城市，恐懼的語言，不愛的男人，鼓起勇氣坐上飛機走，哪怕要面對後果。

即使多少晚，我也寬慰自己，沒有大晴，也會有中晴、小晴、微晴，這些女孩也會令你們彼此難以遠離。我只是最先得到機會出生的那個，所以事情發生。但正正如此，我常責怪自己，是不是我的存在，讓你和你們從此困在樓底矮矮的公屋裡蹉跎，失去自由，也無快樂的可能。

你們那時還很年輕。現在世道越來越流行「第三齡」概念，放到廿幾年後的今天，你們也不過中年。

可是我也討厭你們各自的心事。

有一年我無法出席大表姐的婚禮，你異常激動：「你現在不去婚禮，他日也不會去我的喪禮。」一下子就把無心的不得閒，上升至斷情斷義的失約。那時，姑媽快要逝世，你從前與她最是親近，年少時一同供養細佬妹讀書，溫馨的團聚是多一眼少一眼，於是有點激動。但我沒有了解你為何如此，只是覺得你發神經，或者說，其實理性上明白，但感性上不願共鳴。

坦白講，我覺得你一直都不太關心我，你只關注自己。

你會問我，你默默練習的書法和繪畫好不好看；在某套電影看到一段歷史時，問我何時發生，哪怕我一早因疲勞而目無表情，你也只是說自己的事。我的眼睛受傷，你也不知道，直至你的眼睛受傷。當然我從沒有講。

所以我也有內疚過，是不是我甚少主動關心，你才會笨拙地找些話題和我聊。可是談話的最後也以我說「你畫得好好」、「好大進步」作結，然後你調頭，背對我坐在電腦前面。我也有疑惑過是否應該再作延伸的話題，好讓甚少與人溝通的你，能夠自然地談下去。

可是我沒有，因為我也比較關心自己。

也許是遺傳，我也長成你這種人。

畢業之後幾個月，我都沒有應徵全職工作。因此懶惰，只是做些Freelance，接翻譯、做手作，賺些小錢，但實在不夠用。大學時我已沒有拿家的零用錢，以補習費作日常開支，畢業後只花之前的積蓄。你叫我快點上班，補貼家用，資助一點給弟弟，「不要再做無謂的事」。那時我已租了工廈，沒有怎樣花家裡的錢，所以這句話有點刺痛我，彷彿一路以來所建立的，都因為不夠能賺錢、達到成功，其他都沒有意義。

我知道在你眼中，身為女兒，不用太過能幹，寧願溫馴可愛體貼。因此，相比起弟弟，你較愛忽視我的成績和校園生活，我也不奢求。但每當你問我有關弟弟的事，卻忽略我，還是隱隱地刺痛了我。

你們後來關係很差，小小事也會吵架，明嘲暗諷。作為長女，我要來回照顧你們的感受，不想企在任何一方，因為我知道活成今天這樣，你們也不想。

後來你們都保持沉默，終日冷戰，像以前的一切已耗光力氣。

大學四年級，我去了見輔導員，其時因種種壓力，時常失眠。最後我只談及家庭。

輔導員說：「又愛又恨，所以你那麼痛苦。」

為什麼要在死時提到這件事呢，就是想說，我很感恩你們只是疏離、彼此討厭，並沒有做出什麼太壞的事。你們沒有要生要死、花光家裡的錢、把毒品放在水果裡、放火燒掉眉毛、把我不認識的叔叔姨姨帶回家中，總算讓我無穿無爛地長大。

但是我還是長成敏感脆弱、時常質疑自身的樣子。

如果你們下輩子還會養育孩子，可以給予更多關心。

雖然我毫不顧家，但假如要死了，第一個想到的還是你們。

無論如何，我感謝你們。

無論如何，我愛你們。

接下來我要談談愛情。

我家住荃灣，中學也在荃灣，以前每日也會行半小時上學。

那是一條沿著馬路、靠山而建的斜路。而我和那些愛過、喜歡過、好感過的男人，都走過這條路。路不是用腳走，我如此懷疑，近乎是帶著沉甸甸的，對未來的盼望飄流而不著地。

中學校規明文：氣溫低於十度，必須帶備校褸回校，不能穿著自己的禦寒衣。校褸是黑色的，厚重沉實，被學生多次在網上戲稱為「垃圾膠袋」，除了不會反光，其實真的相似。當時希望得到更多關注，總想表現得與別不同，卻沒有信心離經叛道，於是我的「行惡」僅僅是不穿校褸。

中二起，我每天走半小時回校，把校褸披在手肘上。剛出門時牙關也在抖，卻又假裝淡定自如，最重要是眉目沒有破綻。步行大概五分鐘，身便開始暖，早上七點半的陽光像一碗綿密的粥。途經巴士站，便到沒有行車的山路，上斜、落坡。大約七點四十五分，我便走到大直路，有些公公婆婆愛在那裡晨運，播粵曲，他們有的倒著走，竟可完全不回頭，便成功避過生鏽的欄杆。兩旁是樹，品種不明，又高又瘦像長腿叔叔在拍掌。

七點五十八分，成功達陣校門，急忙上樓梯，到儲物櫃取出要用的書本。八點正，準時坐到課室裡。耳頸處微微滲汗。

城門谷運動場，是荃葵青學校每逢運動會必來之地，許是設備最完善。經過時，都會見到人在跑圈，或是布置社制啦啦隊用具。我一邊背誦默書範圍，一邊自喜山路無盡，沒有盡頭，不會沉悶，雖似沒有目的地，但連選科也未肯定的人，怎麼可能這麼快地找到棲息之地。不如胡亂遊蕩。大學不再有背默，荃葵到馬料水的路程，我多數竭力追巴士，一下子就感覺炎熱，坐到空調盒子裡，低頭看電話。

我喜歡這條回校路程的一切。中學校園生活重複、平順，能有踏進群體之前的空餘，獨自走一段路。雖然路線相同，但每天也會有細微的變化，譬如巴士人龍時長時短，晨運之人衣著不同，下雨的話，地面會反光，腳底像無法適應強光一樣，要小心翼翼地控制步速。

木棉花開的季節，遍地都是輕飄飄的白，但又很安靜。棉花再多也鬆鬆散散，像一種懶惰的學習態度，並沒有淹沒路，地上依然有光點閃閃，風吹來時，似天空穿著白色長裙，搖動尾擺。

每每身體進入學校時，都很和暖，即使要在露天操場集會，也沒有穿校褸的需要。這種即使沒有陽光、但也可自製溫暖的感覺，很打動我，彷彿小小人兒也可為自己決定一些什麼事。因此到後來，不再想做突出的一個，仍然保持走路上學的習慣，無論任何季節及天氣——夏天，到校時一身熱汗，聞說馬上吹冷氣會感冒，但我只覺涼爽，全然不顧病理。

我唸書很輕鬆，不因聰明，而是懂得「放過自己」，好的科目不用溫習也會高分，不懂的科目怎樣努力也考不到好成績。譬如數學，試卷上總有個大明一次買五十梳香蕉回家，我為什麼要替他付款呢？認知的清晰令我將心力放在其他事上。譬如喜歡的人，自中一起，我就喜歡樹，旁人說他對所有女生都說好聽的話，可是我想，如果他像一般認真唸書的男同學，我便不會被他吸引。我的沉悶，我的乖巧，使我無法喜歡同類，總是默默猜測他們心裡會否和我一樣，也想試試壞。因此我認知，若是越猜越清晰，便沒有朦朧的吸引。

但我沒有和樹戀愛，他只是喜歡和我傾訴一樁又一樁冤案般的心事，僅此而已。那些年，我和他傳過許多個訊息，多數是他說，我以為這是信任，而信任等於愛情，但原來也可解作無聊。他退學時，退學信是我手寫的，因為全班我的字最像大人，最後還在下款簽署他母親的名字。我們的緣分，不足夠談一場真情的戀愛。

結果我上大學才開始拍拖。

中學六年，始終未試過和人走過每日必經，竟覺得是遺憾。

上大學之後，我依然會走這條山路，只是因為日程緣故，改為偶然晚上回家時走。

喜歡一個人時，我便開始將自己的一切交給他，從讓他進入我的領域開始。先是眼睛，我會控制不住地時時看他，對視時又迴避，將他的髮、他的背收進去。然後是話語，我將發呆、無故想起好笑的事勾起嘴角的空，變成聲音拋出去，讓他接下。身會越行越靠近，可能會嗅到洗衣粉味，也有可能是汗漬。感官五竅被漸漸滲入後，彷彿佔領情感，喜歡之中除了一見就笑，還有若有若無的自卑和渴望，生起許多情緒，起伏交替，便覺得情重。

實質的佔領，則是帶他和我走過這條山路。不如早上，路因夜色而變得更狹窄，隱密的上斜落坡亦行得辛苦，於是甚少人。這成了我的天、我的地，獨獨是我主宰一個人出現，或兩個人降臨。多數，吃完晚飯才會走上這路，腳步徐徐，再不是昔日獨自行走的輕快，也為了顧及形象。

「我中學嗰陣日日都行㗎。」

「半個幾鐘到屋企。」

「我住嗰條邨其實喺山上，小學中學大學都係。呢廿年無逃離過山。」

初戀時，A君和我走過，分手後，我獨自倚坐欄杆，鏽味如秋天坑渠水。再戀愛，B君與我走過，分手後，我獨自站在路中心，看長長的影子，彷彿走了出來。和C先生開展曖昧關係時，我們牽手，即使他從未說「願意承擔關係和日後」，但是這一條路，我竟然急不及待地和他走。自己一個原來很孤單，腳的軟弱只得獨自承受，卻只能走下去，不然就在樹下睡覺——中途沒有車輛回家。

以前中學的清晨，走路時最多只覺得書包重、肩膊酸，從此好好執拾儲物櫃和書包。人越大卻越不懂得清理自己，內在蘊含太多塵埃，打掃只流於表面。最緊要儀容整潔，呼吸之間的不舒服，只要不是誇張地打噴嚏，原是無人看見。

因此，C先生就算只對我有一點情意，我也和他走過沙沙樹影。我變得不會再問：你愛不愛我你喜歡我什麼我們以後怎麼辦？即使其實我很想知道。

然而話語的過度汲取，會令我辨不清真偽，然後封閉毛孔，不想再汲取話語以外的東西。

愛真的是艱難的生命課題。原來我很喜歡C先生。就算他同時喜歡幾個人，我只是他的幾分之一，也捨不得與他在生命道路上互相失去。我想，在感情上的不幸，多多少少有活該的成分。

如今，我又獨自走這條路，越行越慢。可怕的是，無論我再怎樣走，也不能回到十七歲未談過戀愛的肉身，更無法再有當時捧著校褸的快意。白天和黑夜早就是兩種風景。

情感的流轉，重於交換，我讓人佔領，也要贈予他一些心領神會。

不知誰說我太樸素，娃娃臉遲鈍又幼稚，我開始學習打扮，塗上玫紅色的唇，將閃亮亮的眼影放在黑眼圈位置。不知誰說我庸碌無為，只循學位找未來職業，我開始經營社交媒體，將自己砍成兩個很不一樣的人。不知誰說無法在我身上感受到被需要，我便閒來無事求助一些可憑自己力量解決的問題。偶然發呆，便看見幾個人一同用手指著我，聲音重疊，我在狹縫之中越縮越小。

交換，猶如整容模板的A眼睛配B鼻子搭C嘴巴，我面目全非。

終於有天，我站在山路上，向下看，熱鬧的運動場仍有白光，許多學生練跑。不知為何，我默默流淚。眼睛感覺我和那些人沒有很遠。然而，在這條山路上，除了跳下去，我的身是無論如何也達不到那裡。腳步又浮浮，越走越精神的時光，原來早已離我好遠，而這是我親身走開。

寒冬已過，但身體在晚間流連，毛孔吸入冷風，怎可以溫暖。

不，其實我撒了謊，中學時我有談過戀愛，歷時兩個月，但連手也沒有牽過，只是一起散步回家，我們住同一個屋邨。

羿是第一個陪我走那條山路的人。即使住在鄰近的朋友，也對我每天走路上學不解，夏天很熱，冬天很冷，為何要這樣吃苦，何不乖乖乘車。

不例外地，羿好奇我為什麼要走路，他見怕冷的我完全不需穿上外套，總能夠只穿單薄冬季校裙加袖衫上學。我說，中學六年唯一一次遲到，就是中一時三號風球，等不來小巴，最後八點零六分才能進入鐵閘。

「我不能再信任交通工具，我比較相信自己的腳。」

「你好似有啲問題。」

但自此之後，我會在上學的路上遇見他，而他會走上前和我一齊行，「你在聽什麼歌」，見我不應，又問「可以給我一隻耳機嗎」。當時還在用有線聽筒，我拒絕並告訴他：「普通的流行曲。」

他總是聳聳肩，表示無所謂，到了學校又裝作沒有和我聊過天，但每天早上，都能看見他。

後來，他也等待我，一起放學。

下午的風景和早上截然不同，潮濕的，黏稠的。我們在山的牆壁上寫字，用掉落的樹枝把青苔刮掉，「到比一遊」，我笑他寫錯字，在旁邊畫了笑哈哈。第二天，我的腳冒出一噠噠蚊赧，回校後看見他的手同樣，便覺得好笑，這是破壞自然環境的報應嗎。

小息時，他拿了蚊膏給我，坐在我旁邊的位置，不發一語，臉卻紅得不得了。

「怎麼了，平時那麼多話。」

他不敢看我的眼睛，只是搖頭。半晌，又細聲說：「可否做我女朋友？」

此時搽在蚊赧上的藥膏開始令皮膚涼浸浸，也使我的臉紅了起來，點頭。羿忽然站起身大叫：「耶！」然後只顧著笑，我卻怕被別人知道。

因為我還喜歡樹。

邪惡的念頭夾雜著微微的心動，想著反正與樹沒有結果，不如就和羿一起吧，他長得不錯，有點心思，而且好像真的喜歡我——一個人不可能一輩子也賴著另一個無心之人，是嗎。

那時我覺得世界上不會有人喜歡我這種累贅，畢竟我是出生只會為他人哪怕是血親帶來不幸的垃圾，樹就像驗證了一次，只是我隱隱不想死心，才默默暗戀。難得羿有情意，我不想錯過，而且他是好男孩。

只是原來十幾歲，還是想要會心動不已的愛情。

我和羿會在麥當勞溫習，他替我補數學，我和他讀語文，氣氛毫不曖昧。他看著我時，我會迴避，怕洩漏眼中的不自在。到了臨近考試的日子，他每天也會傳打氣的短訊，訴說真的很喜歡我，尤其是害羞的樣子。

「晚安，加油。」最後我這樣回覆。

考試期間，因選修科不同，我和羿不在同一時段考試，沒有約好一起上學。但有天，我正準備走路上學時，在路口見到羿的背影。我馬上心跳加速，頭也不回地逃回去乘小巴，不忘說：「今天有點累，不想行下去，我搭小巴。」

「我還打算給你驚喜！（山路的圖片）」

「哎吔。你今天考試要加油。」

加油，努力，以後會更好，我只會說空泛的話。當時已經知道不可再和他繼續在一起，羞愧、內疚、無聊、討厭的感覺浮上心頭，無從舒解，我知道自己是一個

壞人，一個人再怎樣慌不擇路，也不應該牽連無辜，尤其是願意奉上真心的、未曾戀愛的男兒。

越是仔細看羿的臉，我就確認，這不是我能夠泰然心安地攜手走下去的人。

我常叫他考試努力。為免影響他的成績，或者是在班上的相處，我已計劃在暑假才和他分手，免得之後常見會面阻阻。如果他考得不好，就像宣告這段時間以來，我的小心翼翼都毫無意義。考試之後，學校都在對卷、休閒活動，分數衝擊我，但當抬頭看見他時，我寧願繼續計算分數。這絕不是喜歡，至少不能牽手、擁抱、看許多海、對視分享綿綿情意。年輕的人談戀愛怎可沒有心跳漏了一拍的感受呢，我未曾被他折磨，沒有甜蜜的苦惱，再感觸也未曾想像永遠，只好逃離，懦弱地。

結果暑假第一天的早上十一時，他從交流團回來未夠廿四小時，我便致電他，說了分手，事前寫定講稿，說是自己的問題，不是你不好，祝福你，諸如此類真誠的廢話，我的聲音一直在顫抖。他只說了一個「好」字，然後掛線。

下一秒我就狂流眼淚，如釋重負，無債一身輕，放下心頭大石，我還是更關心自己。如果不是寫好了講稿，我怕會講出太傷人的話，例如「我誤會自己的心意」。

這事之後，我認為自己配不上真心，那些誠懇的男孩過了青春期，怎能再遇。

現在，我已大學畢業，工作快一年，有天在升降機裡碰見羿。他戴了口罩，我認不出來，反而是他一眼就看出變了髮型、沒戴眼鏡、化上全妝的我，再作溫和的問候。我們一來一回地說話，未曾認為從廿一樓到地下要花上兩個世紀。

出軌之後，我羞愧難當，為自己的虛偽，為其實我最沒有資格尷尬。人家仍然落落大方地跟我打招呼，像是忘記那通電話最後只有沉默。他是好男兒。

以上的一堆話，我也猶豫不決要不要說。

太微小了，就算是不開心的事，其實也沒有什麼不開心。城市裡所有人也有類似的家庭，年少懵懂而犯下的過錯，晦明不定的心思，我那過期的悲傷最多成為鬧市的白噪音，供人助眠。

「其實是不是你有問題，談過的男生才會遇上厄運？」

「你前度在坐監，而我又有抑鬱，會拿刀鎅心口。」

「我在某年將會到阿姆斯特丹自殺，臨飛前會把遺書交給你，之後聯絡不到我的話，就請告訴父母我死亡的消息。」

這些話是B先生說的，以下我叫他做永。

我的情感已經比以前平穩許多，工作時常看到很多眼淚，從跟著對方哽咽，到後來冷靜地勸告自己要接得住情緒，注定無法洶湧。

永是好男兒。一個男朋友應該做的事他也有做齊，有足夠的心思，會把我的照片放在銀包裡，只是我們少見，又感受不夠熱情，最後走不下去。不夠成熟的我，那陣時不知道，細水長流的愛才可捱過歲月漫長，而有些人內在的特質，比起膚淺的表象更值得珍惜。他之後就抑鬱起來，或者之前已是這樣，但沉迷幸福延緩了那份難受，最後被反噬。

「你為什麼想在阿姆斯特丹自殺？」

「我未到過那裡，那裡無人識我。我常覺得香港還有我的事。」

「世上很多地方也是陌生的。」

「那裡給我一種神秘的感覺。總之，我不會這麼早就死的，只是很難捱。我在心口繡了一個又一個籠子，髎下去那刻不是最痛，在結痂與未結之間被水澆到才最刺激。」

「你最近發生什麼事了？」

「在你之後，我一直沒有戀愛，但你好像早早就走了出來。最近我遇上一個女孩，也是廿三歲，她很漂亮的，白淨，有氣質。我們發生了關係，她卻說不要和我在一起。」

「為什麼？」

「她有喜歡的人，對方和她發生了關係，又不跟她一起。她很傷心，而我也一直快樂不起來。」

「你是想跟她在一起的，對嗎？因著什麼原因想延續這種關係？」

「我想啊……原本也以為不會想的。但我覺得她明白我，或者說很持平地看著我這個人。我脫了衣服，露出胸口上的鎅痕，她很平淡地說橫橫直直的，很像玩過三關，微微笑了，一點都不驚訝，也一點不輕視，像很自然而言地發生。」

「這個情況對你來說很稀缺嗎？」

「是，或者對所有人來說都很珍貴。看見有人走上不夠正常的路，多數會質疑，或者同情。我討厭這樣，我希望無論如何，也能夠被正常地對待，就像所有的行為都有因有果，那樣自然而言地發生。而她就給予我平等的目光，完全地接受我的奇異。」

「你們這一段關係，好像是你所需求的——」

「喂，我討厭你有時的態度，像把我當成你工作的客戶。」

我沒有再說話。

後來像是贖罪，我和他一同去看了精神科醫生。

分手已經兩年多，但我一直耿耿於懷，時常認為是自己做錯事，才會讓他像今天那樣。是我不夠成熟，不懂得愛的真諦，嘻嘻哈哈啦啦哇哇，熱烈地愛一會兒，霸佔

他珍貴的大學階段——最佳求偶、追求純粹愛情的年期，過了之後就到職場上班，難以輕易地談上戀愛——

不，建立關係是容易的，只要願意，任對象是誰，都是能夠得到伴侶的，偏偏想要的是愛，真誠的、溫柔的、純粹的愛。

這兩年裡，我偶然也會接到他的電話，通常飲了些酒，但遠遠沒有醉，借著酒意，說起生活的不順，時間不定，晚餐或深夜也有機會。我有時聽到，有時聽不到。聽見他落魄，愧疚比同情更先湧上心頭，於是就算忙著做其他事，也會陪他聊好一段時間。

有次我差點想罵：「你不關心我死不死活不活只想說你自己。」

隨即有把聲音，他的不幸是你造成的，你有什麼資格憤怒？你應當承受惡果。

何況他好像真的會死，而我無論如何，似乎也相安無事。

你在愛什麼人，反映你是什麼人——

我想否定這件事。

十七歲談的男朋友A先生，現在在坐監。得知他要坐幾年後，我心情很複雜。

我討厭他，討厭他聯合當時的出軌對象在網上罵我，討厭他令我和那女生在社交媒體上周旋一輪，而他可完美隱身，明明是他變心卻最軟弱。他更是廿幾歲的我甚為討厭的類型，愛把女子說到一無是處，只強調她們的美貌和身型，總忽視付出和內涵，或者是看得太清楚，才愛上另一個溫馴的女子。記得他有兩個前度，皆是中學同學，在他的敘述裡，她們頭腦空空，得過且過地活著。可是我在大學認識了她們，感受到其澎湃的生命力，能書詩詞歌賦，能遊廣大天地，外貌只是其中一個優點而已。

我在他心中是怎樣的人呢？

分開至今，我也不敢想出一個答案。

可是，我又覺得如果他有報應，應該是要在愛情中摔一跤，而不是被困到牢籠中，消磨年少的志氣。

但我不想談論他的近況，只是想提及與他微小的恩怨。

而我想告訴A先生——其實我知道你最初寫的文章不是出自你手筆，也知道你隱瞞了以往的情感史，以及更多更多。當時我以為愛是無條件接納，哪怕充滿痛楚、自我懷疑。

那段時間，年輕的十八歲，在學校唸哲學課，便常亂思考那些形而上的東西，譬如愛的本質。

我常說服自己，愛就是這樣的，利他、包容，一同走到更好的可能。他口口聲聲說喜歡我，不會再遇見更好的對象，不會再有人比我更美麗聰敏可愛，諸如此類。後期走過好長一段冷暴力，他愛上另一個女孩，卻偶然會說想念我。這使年輕的我無所適從，以為愛的另一個意思，或是更深層次的意思，其實是傷害、痛苦、悲愴。

這種感覺到我後來談戀愛，仍未能放下，每次想起也會感到憤怒，腦中回盪被愛人背叛，讓我恐懼這將是關係的最後。在我本身的想像裡，只要真心愛人，就能夠衝破一切磨難。這是一種信念，甚至是信仰，即使沒有一座廟讓我天天燒香供奉，但早就熟誦心法，形成深層認知，構成真誠的行為。但這一切都被打破，然後相信，愛的本質，就是傷害，就是謊言；愛是從天真到逼真，從開心到傷心，從信任到背叛，總之趨向滅亡。

我變得更加自卑、敏感，理智上知道愛人出軌是他不夠忠誠，感性上卻不斷審視自己的不足，才令我們漸行漸遠，而他投入另一個懷抱，發掘更多可能。

我把毛病一點點改正，以至永在戀愛時常驚歎我的好，年紀輕輕，在感情上卻並不幼稚，亦甚少任性之時。

這讓我更加確定，以前是因為我做得不夠好，A先生才會出軌。很長的一段時間裡，我反復在憤怒與愧疚之間，理智與感性皆無法自洽。

永知道我這樣想後，十分不解：「誰這樣說的？」

「我就是忍不住這樣想。」

「我們去食甜品吧，你就算食幾多碗仙草，也是最可愛的。」

過往短暫的人生裡，我相信愛能夠讓人成長，成為一個得體的大人，成熟優雅，端莊周正，拒不犯錯，力求完美。然而我漸漸感覺到，和永在一起時，能夠做個胡鬧但仍安心的孩子，不需被牢固的規則纏足，未曾因展示真實想法膽怯。

然後我慢慢放下心魔，相信愛是無論如何。

我唯有想起自己的父母，尤其是母親。她愛我，至少這份愛之中，確實有利他、包容、無條件的成分，即使我沒有以黑暗難纏的一面來考驗她，可是我如此相信。

愛的本質是愛本身。

近年我開始放下一些，原來在過了很久之後，壞的情緒已經不再佔據首位，大腦在替人尋找美好的部分，所以離別才那樣殘忍。我想起A先生送的生日禮物，是自己唱作的歌曲，還剪接了我們相處的片段。收到時我淚流滿面，哪怕已忘記歌怎樣哼，哪怕我聽過他後來為第三者寫的曲，但當時的感動是真切，無可否定。

而愛總比愛情廣闊。

年少時，喜歡一個人，就一定要得到、擁有，卻不知關係不足以囚禁善意。

和永分手之後，我曾到過他家吃飯。我一上去，叔叔和姨姨應門時便大聲道：「阿永，你朋友到咗！」又小心翼翼地留意我的表情，不斷夾菜。我早因長輩的著緊動容，為驚擾他們而內疚。永與我如常聊天，全屋人都聽見，屏聲靜氣，只有罪魁禍首誇張大笑。

我們彼此祝福對方過得好。

後來我遇見C先生，一發不可收拾地愛上他。

「愛」這個字對我來說有重量，在最直接粗暴的社教化裡，愛被縮窄成必須在某個語境下才可表達，甚至不可表達，文化中有含蓄的規矩。我們自身也會忖度情感的程度，再分門別類。這使我們安全，若計算出好感，就不會投入愛的犧牲，更易於在博弈之中佔上風。聞說，避免受傷的方法是「寧願不付出真情」，只在沒有心的關係索求，因回饋最即時及明顯。這令我很傷心，最傷心是自己也不能免俗地有這種想法。

告別C先生前，我告訴自己，至少要講清講楚。

因為彼此的家也不做節，我跟C先生特意約在冬至食飯，本來在網上找了一間刀削麵，但那天沒開門，才隨便進入煲仔飯餐廳。

坐下來，聊不夠幾句，他就似捕捉到我依依不捨的神色，不自覺地浮上厭煩：「你又點啊？」

我無視，因為知道我不會勇敢多次，怕下次碰面，我又忍不住擁抱他。我煞有介事，拿出寫好的信遞給他。

我說：「我很喜歡你，但不能和你再曖昧下來，因為你不喜歡我。」

「我喜歡你。」

「我們的喜歡是不一樣的。我想和你有以後，不介意經歷痛苦，但你對我的喜歡是剛好有個人在身邊，那樣從善如流。」

他低頭，沒有說話，臉越來越紅，一頁頁地看著信。煲仔飯來到，他把雞蛋分我一半。

過後幾個月，我真沒有再見他，即使他過時過節就會傳短訊來，新年、情人節，甚至是清明和重陽。但再與他曖昧，也不會讓一切變得更明朗，於是，接受生命必需遠離。

喜歡不一定要擁有。

說得容易，那大半年一點也不好過，離別C先生之後，我每天也會哭泣，謹慎地在家人都睡著後崩潰，反正一直失眠，可是又愛假裝生活如常，飾演不同狀態的自己。很多個瞬間，我也想過找另一個人代替他，出現在我的生活裡，會不會只是寂寞？就像他待我那般。

只是慢慢地，我告訴自己，也祈求世間集氣賜我一顆通透靈巧的心——與欲望保持一點距離，探問內心真正想要的是什麼。

因此忍耐、相信、盼望，前方會有更好的路。

寫到此處，我已經忘記最初為何擔心這班飛機無法成功著陸，但不知不覺間，已經抵達香港。我剛從日本回來，誰都說日本是香港人的家鄉，總趁著假期前往旅遊，但我到廿三歲，才第一次去，全程都十分興奮，就連複雜的交通也變得有趣起來。

這才發現，原來我一點都不想死，不是我認為自己的生活很好，而是仍然留戀太多東西，哪怕是我沒有看過的風景，沒有到過的城市，沒有吃過的美食，對於一切悲喜好壞，我也貪心，這種最原始的世俗欲望，也許就是我的人生意義。

生命的最後，我想說的只有冗長的家長里短和小情小愛，對於理想、追求、憧憬，通通拋諸腦後。不好意思。

我還是很慶幸這封所謂遺書不用展示給人看。

愛你們的晴

# 後記

我在努力學習，
怎樣讓胎記恰如其分地留在我的身體，
看得見，並溫柔地與其互動。

你喜歡你的原生家庭嗎？

原生家庭是相對於成年後自主選擇、人生早期成長的家庭環境，英語為Family of origin，簡稱「FOO」，常用「因FOO……」配上任何字詞交代由原生家庭造成的影響，也能總結一個合理的解釋：所以自我形象低落，所以較難打開心扉，所以容易驚恐，所以不願意分享食物，所以習慣夜睡，所以愛上偷竊。我也這樣相信，家庭將會影響一個人的成長，在不知不覺間形成習慣或創傷。

一個人的認知、文化、信念或受外間影響，原生家庭是人最初能夠接觸的環境，因此也在最早期塑造出一個人的形象、思想、行動，再融入生活的方方面面。

寫作數年，我也很少寫「真嘢」，總希望和故事保持距離，因此甚少談論自己的原生家庭。

我的父母關係很差，沒有話說，我也不是愛的結晶品，這讓我小時候很討厭自己，時常想像假如我不存在，或者對於身邊的人而言是好事。然而，我各自和家人還是能說上幾句話，維持和諧的表象，這種矛盾的關係使我留在家裡時常常彆扭，總想逃離。我的家也不富有，所以很難給予什麼支持，不知不覺間，我不敢放膽索求，寧願節衣縮食。所以我小時候挺自卑的，中學時喜歡過一個人六年，現在回想，發現他時時貶低我的一切，可是那時就覺得沒有問題，這是我應該承受；習慣挑剔自身，永遠也覺得不夠好，必須再做好一點，才能得到更多，或是不會失去更多。

這是十八歲以前的我。

不過可幸的是，我的家庭遠遠沒有故事裡的那麼難以承受，可能是這樣，現實生活之中，我並不是悲傷沉鬱的人。

可是我又不敢太相信原生家庭將影響一個人的一生。

一旦完全相信了這說法，我們還能不能改變？

我們還能不能相信自己可以改變？比起實際行動，信念也很重要——是的，我的父母很糟糕啊，所以我改變不了，無法建立安全關係。是的，我是獨生子，所以向來習慣不與人分享，無法體恤他人感受。是的，我家很窮，所以我這輩子只能執垃圾，無法過更平安的生活（歡迎看另一本新作《窮人不能養貓》！）如果真的這樣相信，從此，彷彿沒有其他可能性。

我不想讓人生的首十幾年，定義了後來的人生，那可是悠長的幾十年。

或許還有家庭以外的事能夠塑造我們，而這些東西，我們或能有更大自主權決定。我們會遇見更多的人，學習更多的知識，走過更多的風景，擁有更多的感悟，流動更多的愛與喜樂。我們活在更廣闊的世界中，慢慢地變得自由。

近幾個月，我重看了依附理論（Attachment theory），依附理論最早期由心理學家John Bowlby提出，他認為依附是一種情感連結，在生命不同時候，特別是遇上困難和壓力時，向他人尋求依賴和連繫，以獲得安全感的傾向。嬰兒的社交經歷（例如和主要照顧者的相處）會刺激到大腦發展，並影響他們長大後和別人建立親密關係的方式。每個人也有不同的依附風格，十八歲時，我測試結果導向為「焦慮型依附」，表示渴望親密和依賴，但同時經常擔心被拋棄或拒絕，自我價值較低。

現在我再做測試時，發現已變成了「安全型依附」，結果顯示通常能夠建立和維持親密、健康的關係；能夠信任和依賴他人，並對親密感到舒適，對他人有較低的憤怒和恐懼感；能在維繫親密關係的同時，保持個體的獨立。

我驚訝這個變化，同時肯定自己已變得很不同。譬如我能夠敏銳地察覺傷害，並且拒絕其進入我的生命，或說是能夠信任身邊人，不會胡思亂想，情緒平和了許多，最重要的是我相信自己能夠與人保持良好的關係。

我猜測當中確實有些經歷塑造出更「安全」的我，只是家庭佔據的比例較以往少。

書中的主人公，來自不同的家庭背景，缺愛的、流離的、暴力的、溫暖的、恐懼的……由此牽引出不同的故事，有些命運與家庭有很深關係，有些則不然，人是流動，哪怕出身讓我們不適，這也不是盡頭。

因此，希望讀到這裡的朋友們，如果從家庭之中遭受挫折，別讓基因、血脈、家庭溝通模式牢禁自身。

家庭是我們的胎記，它烙印在皮膚之上，或者身體之內，如果它侵略地蔓延下去，將會吞噬我們整個人，吃掉所有愛。我在努力學習，怎樣讓胎記恰如其分地留在我的身體，看得見，並溫柔地與其互動。

祝願平安喜樂。

張羨青

2025 春

作　者—張羨青
編　輯—蘇可程
設　計—joe@purebookdesign
出　版—尋常書紙
聯絡電郵—cinchingcheung@gmail.com
承　印—美雅印刷製本有限公司
地　址—觀塘榮業街6號海濱工業大廈4樓A室
出版日期—二〇二五年七月
ISBN—978-988-70543-0-6
上架建議—華文創作、流行讀物
定　價—HK$ 138
Printed and Published in Hong Kong
香港出版
本故事純屬虛構，如有雷同，實屬巧合